小花阅读【四海为他】系列02

浓雾里的我和你

南风北至
／
著

百花洲文艺出版社
BAIHUAZHOU LITERATURE AND ART PRESS

南风北至 | 小花阅读签约作者

是妹子，是妹子，是妹子！重要的事情说三遍！
内心喜欢刺激冒险，但偏偏是死宅的别扭星人。
别的小姑娘都是要命型，我是玩命型（傲娇脸）。
所以我会玩命地写更多的故事，把岁月里遇到的所有美好都给你们。

已上市：《嫁给小爱情》

作者前言

ZUOZHEQIANYAN

每到写前言的时候，我都会很苦恼，因为有很多想说的，很杂乱，不知道从何说起。

首先说一下，森渔这个形象的由来，以前初高中的时候和朋友一起讨论过，以后工作了、独居了要养一些什么宠物，我很多朋友都想养狗，但是那时候我偏偏是更想养猫的，我想养一只全黑的小猫，想了好几年。

虽然到现在我还没有实现这个愿望……

其实猫在我的心中是一个很矛盾的结合体，既独立高傲喜欢自由，又黏人撒娇渴望被重视。

有好朋友劝过我不要养猫，说猫很野，说猫恋家不恋人，说黑猫在很多国度都是比较灵异的存在……

姑且不说我相不相信这些，我对于未来的自己的构想就是一猫一狗一人，始终没有改变，或者说我这么固执的原因就是那时候脑海里突如其来的熟悉感，我觉得猫和自己很像，我不愿意放弃它就像不愿意放弃自己一样。

我始终相信，这个世界上不论多孤单的灵魂，始终有一天会摆渡到彼岸。

就像在这个故事之中，森渔这只孤旅许久的九尾猫，也终有圆满。

在刚开始写的时候，胡姐姐就九尾猫为什么要实现人的愿望这个问题和我讨论，她说：就是明明得有了第八尾才能有第九尾，却还不断要去寻找有缘人用第八尾去替人圆梦，这不是傻吗……

看到这句话，我对着电脑就笑了出来，仔细想想，确实是这样，确实有点傻逼。

我在百度上看到关于九尾猫的传说的时候，上面就有这么一句话：“这看起来是个奇怪的死循环，无论怎样都不可能修炼到九条尾巴。”当时我觉得并不是，直接许愿九尾就圆满了啊。但是后来再回过头，心里有些不是滋味，设身处地地想，如果真的有这么一种生物存在，如果真的有这么一个许愿的机会，那么你会不会放弃？

不得不承认，选择很难吧……

假如真的有，其实这个世界上会有许许多多的段苛，每个人对于天上掉下来的馅饼都乐于接受，但是要将本该属于自己的东西交付出去，却是那么难。

就是因为这样，九尾猫才没有办法九尾。

在那个传说之中，九尾猫存在的意义就是找到那个愿意让它九尾的人，我觉得九尾猫修炼的意义，更重要的是从失去里获得一些内心的锤炼还有对七情六欲的修炼。

就是这样一只傻猫，让我心里有些难受、有些心疼，还有些堵的傻猫，希望你们喜欢。

也希望那些养宠物的人，可以像爱护家人一样对待它们，它们的世界很简单，既然选择了，就不要抛弃，既然选择了它，就要担负起那一份责任！

还有那些虐猫虐狗的人，你可以不喜欢小动物，但是请不要去伤害它们。

南风北至

我曾以为最后的结局，是我孤独一生
但还好遇见你

目录

目录

楔子

XIE
ZI

“传说中，世间的一切生灵皆可修炼，猫也在其中，但是猫每修炼一段时间，就会多长出一条尾巴，尾巴长出的时间随着修炼的增加而减少，等到修炼到九条尾巴的时候才算功德圆满，这种猫叫‘九尾猫’。可是，九尾猫的这第九条尾巴却是极难修到的，每当九尾猫修炼出第八条尾巴时，九尾猫会得到指引，帮助九尾猫找到有缘人，只有被九尾猫认定的有缘人可以看到他的八条尾巴。

“这时候，九尾猫就会帮助有缘人实现一个可以实施的愿望，心愿完成后，九尾猫会长出一条新的尾巴，但是从前的第八条尾巴也会随着有缘人的愿望脱落，九尾猫仍是八尾……”

年轻的女教师站在孩子们的包围圈中，脸上带着得体的笑容，语气轻柔地讲述着，孩子们晶灿灿的双眸紧紧地黏在她身上，眼神之中满是憧憬。

有调皮的小男孩突然举起手，在她还没有反应过来时就迫不及待地开口："杜老师，那我们可以看到九尾猫吗？他会给我们许愿吗？"

"当然啦，因为只有心地善良的人才能见到他们哦，所以你们要乖乖的。"

"他们为什么要替人完成愿望？"角落里一个小小的声音笃定地穿过纷杂的讨论声。杜卉抬起头看向那个一直形单影只的男孩，脸色苍白，宽大的T恤耷拉在身上显得他越加瘦弱，因为抬头的动作露出了长长的碎发遮挡着的那双黝黑的眼睛，莫名地，杜卉被那紧紧凝视弄得心中一慌。

"因为……因为……"

"老师，不要理他，他就是个谎话精，是个怪物！"一个小男孩突然站起身来，皱着胖嘟嘟的小脸伸出同样胖乎乎的指尖指着角落里的男孩大声说道。

"是啊是啊，老师，他还说能听到我们心里在想什么，他每天都奇奇怪怪的，只会撒谎……"

"书上都说了，只有妖怪才能知道别人在想什么！"

围在身前的孩子们都在七嘴八舌地说着什么，她连忙矮下身去敷衍着安抚他们，眼角瞥见人群外的那个男孩神色仍是淡淡的，低下头额前凌乱的头发盖住了那双让人心惊的眸，等到她再次抬头却看见他独自离去的背影。

已经入秋，天空裹着阴霾有些暗得死气沉沉，福利院僻静的角落有些阴森萧条，那个男孩背着手倚靠在墙角，头垂得低低的。

“你怎么在这儿啊？快午休了，跟老师回去好不好？”

男孩闻言只是仰头看了看满脸笑容的她，双眼有些无神，微张的嘴像是有话要说的样子，终又低下头去。

杜卉走到他面前，蹲下身，温柔开口循循善诱：“怎么了？有什么话可以跟老师说啊。”

“你会相信我吗？”轻飘飘的声音，有些犹豫。

“当然啦，老师相信你不是坏孩子。”

男孩闻言，终于抬起了惨白的小脸，透过凌乱的头发可以看见他紧皱的眉，只见他咬了咬唇终于开口道：“我见过九尾猫，但是她没有实现我的愿望，我想回家她却把我带来了这里。”

杜卉闻言一愣，随即释然了。她想着小孩子都喜欢胡思乱想，转而又有些心疼，觉得这个男孩应该是还没有接受被抛弃的事实所以才会撒谎。她刚想出言安慰，眼前原本有些紧张的男孩恢复了之前冷淡的面色，他冷冷开口：“你不相信我。”

杜卉被这突如其来的一句话弄得措手不及，还没反应过来就听他接着说出令她更惊恐的话。

“你觉得我胡思乱想，因为想回家编谎话骗你。”眼前男孩的眼睛像是一个水面涌动的漩涡，在他的凝视下，她像是整个人都随着细碎的波光身不由己地陷了进去，那双眼睛好像能够把人看透！

杜卉惊讶得猛地站起身，他的视线随着他仰起头紧跟着她。

“他怎么知道我心里在想什么。”杜卉听着他没有血色的嘴唇开合间一字不差地冷冷吐出自己的心中所想，浑身像是被漩涡绞进了冰冷的深海，惊惧地倒退着，不住地在心里喊着怪物。

春天快要到了，空气中还裹着寒意，月光透过床头框着五彩琉璃玻璃的窗户投射进这个狭小的房间，瞿理闭着眼眉头紧皱着躺在床上，嘴唇时而开合似乎在喃喃地说些什么，他忽然惊醒，猛地从床上坐起来，梦里的声声咒骂却好像钻进了他的大脑跟随着他醒过来，在他耳边不停地回荡。

他坐在床上不停地喘着气，良久才意识到刚才那些都是梦。瞿理不明白自己为什么又会梦到小时候在嘉理福利院的场景，有些茫然。

他颓然地向床上倒去，细瘦修长的右手搭在脸上，透过指缝可以看见他黝黑的瞳仁似是有暗色的光芒流转，像是银河中暗淡的星系。

第一章

CHU
YU

初 遇

1.

这个春天来得有些迟，整个潍城在灰蒙蒙的天空下氤氲着水汽，窗外的叶子上沾染的水迹轻透碧润，空气中透着微凉。

正是课间，教室里都是纷杂的笑闹声，角落里原本趴伏在课桌上的瞿理猛地惊醒，涣散的眼神紧紧地盯着桌面，胸口剧烈地起伏着，急急地抬眼看了看周围发现还是熟悉的环境，胸口渐渐平静下来，他抹了把因为做噩梦而汗涔涔的脸，站起身向教室后门走去。

钟暮思和几个男生一起围在讲台上开着莫名的玩笑，几个男生坏笑地看着钟暮思。钟暮思一脸窘迫地抓起手边的黑板刷作势要打，方礼一溜烟儿地跑下讲台，一边哈哈笑着一边躲闪着冲钟暮思做鬼脸，钟暮思看他得意扬扬的样子咬牙切齿地扬起手中的黑板刷就向他砸去。

黑板刷随着轨迹扬起一片白色的粉尘向方礼飞去，方礼见状连忙抱着头蹲下身，“啪嗒”一声，黑板刷直直地在方礼身边落下，在地上留下一圈尘埃。

“钟暮思，你这么开不起玩笑！”方礼抓起身边的黑板刷得意忘形地站起身，发觉原本喧闹的教室里此刻一片寂静，大家都满脸震惊地看着他。

“你们……怎么……”方礼看着身边人的视线，才发现其实不是看着他，是看他的身后。

顺着视线看过去，他身后不远处站着一个人，左半边脸上都是粉尘，长长的刘海缝隙中都夹着红红白白的粉尘，还有一些沾在脸上、耳郭、发侧。

教室里突然爆发出一阵剧烈的哄笑打破了刚才的寂静，那逐渐汇聚在一起的声浪配合着他们咧开的嘴角，这场景让瞿理一下慌了神，与许久以前记忆之中的一幕幕重合，那一张张讥讽嘲笑的脸在他眼前来回旋转。

“那个……同学，真是不好意思了！误伤误伤！”钟暮思在看到黑板刷砸错人的时候就跑了下来，看着眼前这个自己叫不出名字的男生一脸狼狈，他大大咧咧地伸出手就要帮对方把肩膀上沾着的灰尘拍去。

瞿理见状连忙向后退了一步，只抬头看了他一眼。

钟暮思伸出的手随着对方的后退有些尴尬地停在半空，双目交汇的一瞬间，他有种被看透的感觉。

瞿理抬起一只手臂略显难堪地擦了一下侧脸，粉末混合着脸上的汗水顽固地黏在脸上，留下一道难看的印记。

“我没事。”瞿理低声说了一句，然后越过他们向教室外走去。

教室里因为这场小混乱掀起的声浪已经逐渐平息，钟暮思还站在原地，方礼走过去撞了下他的肩膀：“你发什么呆啊？”

“刚才那个人是我们班的？”刚才那人不经意一瞥让他那一瞬间好像被定住了一样，以至于现在还有点怔怔的。

“就是上回跟你说的瞿理啊。”方礼看钟暮思还是一脸茫然的样子，又说了句，“等一下。”

他招了招手，将那几个男生招呼过来，然后煞有介事地冲着钟暮思说：“阿贱初中跟他一个学校，让阿贱跟你说说灵异故事！”

哗啦啦的水声连续不断，瞿理埋头在盥洗台边清洗着脸上的脏污，抬起头，水迹滑过皮肤顺着分明的轮廓汇聚在下巴，然后滴落在大理石台面上。

他想起刚才课间做的梦，梦里他回到了小时候在嘉理福利院狭窄的角落。

在梦里，白色的光拉着斜斜的角度在地板上投射出灰色的倒影，他低着头站在那个角落，面前是好几个小孩，他们都和自己一样是福利院里收养的无家可归的孩子，但不知道是不是因为记忆的原因，一切都只有突兀的黑白两色，原本白净天真的脸也显得尤为狰狞。

“你是个妖怪！不许你看着我们！”稚嫩的声音恶狠狠地在狭窄的空间里飘荡着。

“不许你靠近我们，也不许跟我们一起玩，不许抬起头，我们不喜欢和妖怪在一起！”

“你这个怪物……”

“怪物，怪物，怪物……”

声音越来越多，汇聚成倾泻而出的洪流一般撞击着他的耳膜，他的胸口涌动着从耳朵里汹涌进身体的力量，他想反驳，想冲出去，想大声呼喊。

但他只是无力地看着他们越走越远，最后只剩他一个小小的身影伴随着越加暗淡的墙角被浓重的黑湮没。

瞿理摇了摇头收回思绪，仔细地看着镜子里的自己，濡湿的刘海黏在额头上，露出黑黝黝的眸，看起来也没什么不同。他有些丧气地想着，抹了一把脸收回视线有些嘲笑自己，这双眼睛从小到大自己看得还少吗？

这双眼睛，看起来与常人无异，却能够透过视线的交汇知道他人所想，它所带来的是身边人无尽的嘲讽和惊惧，还有就是身边人的疏离，因为它，他从小受到各种排挤、欺辱，没有亲人，没有朋友，更没有人愿意接近他。

·

走廊上空无一人，偶尔有朗朗书声飘荡过来，瞿理轻轻地推开教室后门，老师也只是偏头看了他一眼并没有说什么。

他回到自己的位置上，课桌前一片狼藉。

看着教室里所有人井然有序地进行着自己的事情，瞿理默默蹲下身，从杂乱的书本中捡起那副已经碎裂的黑框眼镜。

这副眼镜，是为了模糊视线特意配的，瞿理把眼镜默默收回抽屉。

钟暮思瞥眼看着角落里瞿理的动作，仔细地观察着，刚刚阿贱所说的事太过离奇，更像是一个胡编乱造的故事，让钟暮思对这个人升起一种好奇心，还有一种自己也不知道是什么的情绪。

瞿理离开教室后，不知道是谁撞落了他桌面上的东西，钟暮思看他现在这样若无其事地收拾的样子，神色淡漠得就像一个在人间飘荡的幽魂一般没有丝毫情绪。

伴随着下课铃声的响起，人群逐渐向教室外涌去，钟暮思还是紧盯着教室后的瞿理，他还是那个样子，一言不发地收拾东西，起身，跟在人群后悄无声息地离开教室。

这时候，钟暮思觉得其实自己记不住他的名字也是情有可原，如果不是课间那件事他根本想不起来班上还有这么一个人，真的是毫无存在感。

钟暮思想起课间阿贱说的话："他啊，从小学的时候开始成绩就很优异，一开始的时候大家都觉得他是一个沉默寡言的好学生，但是学校里不知怎么渐渐就开始有关于他的传言，说他不祥，什么可以看见脏东西啊，可以控制人心啊，可以看透人心啊，什么乱七八糟的话都有。传开了以后就有很多人去找他麻烦，最严重的一次，好几个男生放学后堵住他说想见识见识他的厉害，但是事后不知道为什么他们几个都开始躲着他，有人问起他们关于瞿理的事，他们也都是神色慌张地搪塞着，后来他们陆陆续续地转学走了，学校里关于瞿理的流言也就越传越玄……"

钟暮思望着瞿理离开的方向陷入思索，与其说瞿理有多可怕或者说他不祥，他更愿意相信这是有心人的谣传，因为人不总是对未知的事物感到恐惧吗？当然，那个叫瞿理的同学确实是有些阴郁，想起都同学两年多了，直到刚才的意外自己才注意到班上有这么个人，像这种在班级上毫无存在感的一般都是被欺负的……

这么想着，钟暮思越觉自己得到了真相，忽略心底莫名其妙的酸楚，晃着头不再纠结，离开了教室。

2.

春季总是多雨，雨水连续下了好几日，透明的雨珠拉成白线急速坠落在大街小巷中，在黝黑的地面聚起一面莹亮的水幕，溅起一朵朵细润的水花，整个潍城都被笼罩在烟雨朦胧之下。

潍城的城北有一片低矮的青砖建筑，在满是城市改建征收土地扩张成高楼大厦的时代里，就像一个秀弱的女子一样温婉，透着一股不一样的韵味。

湿漉漉的巷子里有什么物体从深处慢慢地走了过来，走得近了，渐渐显露出一只浑身如墨般漆黑的猫，尾巴直直地竖在身后，浅金色的双眸中椭圆的暗色瞳仁像是向外流淌着一抹晶莹的绿，雨水淅淅沥沥地落着，却好像在她身旁戛然而止。

黑猫端坐在巷口，仰头看向斑驳的墙上那一块锈迹斑斑的地名牌，她在心中默念着“丑巷”。

森渔换过这么多城市，这个地方让她最有好感，不知道是不是错觉，这条破旧矮窄的小巷子像极了许久以前流落到的破旧城市的样子。

森渔的心情很好，她的第八条尾巴快要长好了，第八条尾巴出来了就说明距离第九条尾巴也越来越近了，虽然她不知道这次会不会碰到有缘人，但是无法阻挡她的好心情，她开心得耳朵也跟着抖动起来，满意地起身，步履轻盈地向着巷子里走去。

天色渐黑，瞿理刚从西餐厅打工回来，每当他拖着疲惫的身体回家时，就会觉得有这么一双眼睛也是庆幸的，起码面对那些装模作样的客人时，能够根据他们心中的真实想法为他们挑选餐点给予意见。

但是比起它所带来的痛苦，这点好处也显得微不足道。走进丑巷，巷弄不远处右边墙角一团黑色吸引了他的视线，那是一只黑猫，浅金色的眼紧紧地睇视着他。

森渔端坐在昏黄的路灯下，看着距离自己越来越近的人。他视线投过来的那一瞬间，森渔心中登时一紧，尾巴在身后小幅度地晃了一下，默默在心中祈祷着："看不见，他看不见，看不见……"

瞿理走到路灯下的时候，一滴清凉的雨水落在他的额角，他抬起头看到雨滴穿过暖黄的光束，加快了脚步。

当他走到廊檐下的时候，像是想起了什么，从包里掏出了雨伞，"嘣"的一声撑开，向不远的路灯下走去，那只猫还立在那里。

森渔看着去而复返的人，刚刚放下的心又紧紧高悬起来，随着他的走近小心翼翼地向角落里缩了缩身子，耳朵也警惕地支起来。

瞿理见状，明白一般小动物都比较害怕陌生人靠近，便小心翼翼地想要放下伞就走。雨伞的阴影笼罩在黑猫的上方，她身上淡淡的莹白色光芒却越发明显起来。

瞿理皱着眉看着眼前诡异的一幕，森渔看他的神色就明白过来，他应该就是可以看见自己尾巴的有缘人，心里掩不住的失落，但是也不再躲藏，舒展开身体露出身后的八条尾巴。

“喂，你能看到我的尾巴是吧。”森渔看着瞿理，有缘人是能够听到她的声音的。

瞿理听到一个女孩脆生生的声音，抬起头来却看不见周围有人，惊疑不定地站起身四处张望，那个声音又响起：“白痴。”

森渔跃至墙头，满意地看着瞿理惊奇的目光，说：“说吧，你有什么心愿？”

瞿理有些不敢置信地看着眼前的黑猫，她的身后跟着的黑色尾巴像羽扇一样伸展，瞿理的记忆像吹过山海呼啸而来的风，汹涌地在他的脑海里呈现：每当九尾猫修炼出第八条尾巴时，九尾猫就会帮助有缘人实现一个愿望。

如果说瞿理还有什么愿望，那就是让这双讨厌的眼睛消失吧。

瞿理有些紧张，他的心中一瞬间嘭嘭鼓动，胸口似乎有千军万马在奔腾呼啸。

“任何愿望都可以吗？”瞿理问道，因为紧张，他的声音有些干涩。

直到许久以后，森渔才体会到那种感受，那种仿佛双脚长出了树根将人牢牢地困死在原地，久久不能脱离窘困境遇，是希望能够从天而降一双手、一根树藤，不论是一个什么都好，只要能够救助你脱离泥沼一般的现状。

那是一种在地狱里企图仰望天堂的感觉。

但是现在的森渔全然不能体会他的渴望，因为除了修炼尾巴，她是那么的无欲无求。

在森渔的记忆里，从来都不乏贪婪而又丑恶的故事，她为许多有缘人完成过愿望，印象中最为深刻的就是江南河畔花灯掩映之下，一身白衫的书生，全然没有了平日里的文质彬彬，他许下的愿望是要纳花柳巷中漂亮的姑娘们为妾，往后都侍奉身侧。

还有许多求钱财的人，多的是腰缠万贯后抛弃原本恩爱有加的糟糠之妻。

还有人渴望一步登天，那座金碧辉煌的庙堂总是让人趋之若鹜。

还有……

多的是因为利欲熏心而逐渐抛弃人性步入疯魔的人。

森渔不明白自己日日忧心修炼的尾巴为什么是替这些贪婪的人换取荒唐的愿望，他们不知餍足而且毫无羞耻感，但是森渔也不得不承认，她毫无办法，无力阻止，无法改变。

一段时间里，她甚至觉得自己就像帮凶一般，如果说每个人心里都有一根名叫“恶”的导火索，那么她自己就是那一把去引燃的火炬。

她的心里就像住进了另一个自己，那段时间时刻都能感受到来自那个自己的谴责和唾弃，她甚至尝试过拒绝给他们许愿，代价是失去了她的第七尾，但是那些丑恶终有暴露在空气中的一天，那些人好像只是失去了一条捷径，最终仍是绕着圈继续向他们该有的终点前进着。

一切除了时间，并无多大改变。

这时候，她才明白过来，对于那些人的命运，她从来都无能为力。

她甚至都不是人类，只不过是一只灵猫，也有自己的宿命，也有她所要历经的劫难，连如何修炼成九尾都恍然不知，这些实在是无关紧要的东西，之后森渔便不再去理会这些与修炼无关的事物。

森渔看着眼前的人眼睛里突然闪烁起来的光芒，森渔想着即将失去的第八条尾巴，仍是忍不住在心中恨恨地想："虽然表现得很友善，但实际上原来也是个贪心的人类。"

即使这百年间她游荡在人世间，对人性早已经看淡，她也有些沮丧，刚想要告诉瞿理愿望要在可实施的范围内才行时，瞿理却突然像是变了一个人一样全然没有了刚才的急切，她听到他说："我还以为猫不一样，看来是我想多了。"

"明明满是不甘愿，干吗还要做出一副慈悲的样子。"瞿理知道她能够听懂，发泄似的说道，就在刚才和那只猫视线交汇的一瞬间，他听到了她的心声，那么高傲的指责，满满的都是不屑。

瞿理说完头也不回地离开，心情就像是被炙烤得通红的铁块突然被浸在冰水里一样。

雨开始渐渐大了起来，砸在绷紧的伞面上跳跃坠落，森渔看着瞿理离开的背影跃下墙头，她不明白这个人为什么突然间那么生气。

“真是个奇怪的人类。”森渔在心中想着，不明白为什么他不许愿了。

森渔活了很久，从第一次开始有八尾的时候就有形形色色的有缘人向她许各种奇奇怪怪的愿望，瞿理是第一个拒绝许愿的人。

从来没有人愿意放弃平白得来的愿望，因为愿望本身就是需要通过等同的努力才能够得到的东西，或者即使你拼尽全身的力气也抓不住它，当它通过一种快速轻易的捷径横空出现在你面前而不需要你去付出的时候，几乎没有人会拒绝。

森渔有些惊讶，久久回不过神，看着雨幕里瞿理挺直的脊背，像极了以前漂泊在沙漠里看到的白杨树。

瞿理的确带给森渔很大的震撼，但是这也不影响森渔渐渐去遗忘他，因为时间过得太久太快了，久到森渔来不及细想就已经开始慢慢忘记，时间的长河并不会因为任何事情停止流淌，伴随河水流动的细沙回过神来再看周遭的事物，也早已不是之前的那片模样。

“反正会忘记，想那么多干吗。”森渔晃晃脑袋暗忖，还是继续寻找下一个有缘人吧，森渔转过身向着巷子深处的黑暗中走去。

暗色的天空沉闷得就像是要坠落下来，森渔独自行走在街上，道路两旁都已经亮起了灯，灯光从窗户里透出来，偶尔有撑着伞的人神色匆匆地从身侧掠过，他们看不到森渔身上泛起的荧光，更不会理会一只在深夜街头徘徊染着夜色的猫。

森渔不知道走了多久，斜对面的铁门突然被推开，透出来的光亮惊得她眯了眯眼，瞳孔间也竖成一道细缝，门里推搡着出来几个男人，嘴里还骂骂咧咧地争执着。

“王八蛋，没钱还来赌……”

“我今天手气很好！一定可以赢钱把欠大老板的钱还上的！”

“呸，赶紧滚蛋，老板好心，爷可没工夫跟你扯……”两个大汉骂骂咧咧地将毕承推开，见他又不死心地想要冲进赌坊，心中登时火冒三丈。

“妈的，你还说不听了！是不是要挨揍？”毕承被大汉用力一推，身形不稳向后跌去，摔在淌着水的街面上溅起一片水花，惊碎了那一片光亮的投影，那个大汉提起他的领子抡拳就要砸上他的脸，他急忙挥臂护住头颅，嘴里连连慌乱地喊：“别打别打，我走我走我走！”

那大汉闻言，似是不甘，将他一把推到泥泞里，偏头啐了一口：“贱坯子，非他妈要老子动手！”

大汉顿了一下，凶神恶煞地说道：“赶紧滚。”

毕承被他吓得向后一缩，抬头再看时那两个大汉已经进了赌坊，铁门“哐”的一声在他面前关上。

森渔嘲笑地看着不远处的毕承，他晃悠着支起瘦骨嶙峋的身体，冲着紧闭的铁门挥动着拳头作势要砸门，嘴里还恶狠狠地嚷嚷着：“吓我，我是被吓大的？我赢钱的时候还没你们呢……”

森渔一向是看不起这种人的，这种无用的人在世界上像孤魂野鬼一样固执地徘徊却又毫无目的。

森渔睨着不远处那个毫不在意一身污迹的邋遢男人，正在嘟囔着什么无用的话向这边走来，森渔正转身想要离开，就听见身后一道惊疑的声音：“咦，这是什么？”

森渔惊愕地回头，不确定地看向毕承，身上包裹着淡淡莹白色光芒，暗淡的光线下眼睛散发着诡异的绿色。

“你有什么愿望？”森渔看着眼前这个有些神经质的人类，听到声音后左右寻找的蠢样，在心中翻了个大白眼。

“愿望？”毕承像是想起什么好笑的笑话，脸上满是戏谑，“老子这辈子最大的爱好就是赌，最大的愿望自然是赢钱！”

“你想赢多少？”

“你有办法让我赢钱？”毕承心中有些不敢置信，怀疑地盯着眼前的黑猫。

“你想赢多少？”森渔有些不耐烦，又重复说了一遍。

“五万！”毕承还是有些不敢置信，试探地说了一个数字，森渔刚要接话，毕承却又像是猛地想到什么急忙改口，“十万……不不不，十五万！”

贪心的人类……

森渔心中有一些烦躁，什么时候自己才能不为这样贪得无厌的人圆愿。

其实九尾猫是可以拒绝有缘人的，但是这样的做法对九尾猫百害而无一利，极损修为。森渔想了想，好不容易修出八尾，可不能因为一个无耻的人类败坏了。

“我不能直接给你钱，但是你之后几天运气会很好，直到你赢够十万。”说完，原本包覆在森渔身上的荧光向着其中一条尾巴上汇集，尾巴逐渐消失成一团白色的光点，晃悠悠地飘向毕承，这说明这个愿望是可以实现的。

森渔感受着从尾部传来的一阵轻微的刺痛，看着自己的愿灵碰触到毕承后消失不见。

每次失去尾巴之后，森渔心里都有些难受。

又要继续修炼尾巴了，森渔这么想着，又有些茫然了，不知道该去哪里。

森渔腿上蓄力，一跃窜进了一旁的灌木丛里离开。

钟家大宅。

“张妈，今天有客人？”钟暮思进门的时候看着玄关处陌生的鞋子，问着身边的用人。

“是的，少爷，宋先生来了，和老爷在书房说话呢。”

用人口中的老爷是钟暮思的爷爷钟楚江，钟家现今仍是钟楚江在打理，至于他的父亲——钟乐之，他自己也没有见过，据钟楚江说是在自己还很小的时候遭遇了意外，一直昏迷不醒。

钟暮思上楼的时候心中忍不住窃喜，赶紧回房睡觉，爷爷就不会过问他这么晚回来的事了，路过书房的时候，爷爷严肃的声音却透过门板传进他耳中。

“事态严重，我是没有办法了才想找你帮忙。”

“你的意思是说，你的猫陆续都失去了联系，而且似乎有意无意避开了你？”宋致非常费解，九尾猫虽然游离在人群外，但是从来没有出现过刻意规避驭猫人的情况，驭猫人与九尾猫之间一直是一种微妙的平衡关系，没有哪一方会愚蠢到刻意打破。

“是的。”钟楚江眉间紧皱，神情隐隐有些懊恼，“这次的事情恐怕要麻烦你多费心了。”

“钟叔叔，我和乐之什么关系你还不知道吗，你这么说就是见外了，再者说了，淞源市一向只有那么几只猫，你也知道我是闲不住的，所以我阿爸说起你这边的情况，我就马上过来看能不能帮上什么忙。”

宋致宽慰道。

钟楚江心里领了他的情不再多客套："你来潍城这几天有没有发现什么异常的地方？"

宋致的神情登时就垮了下来，钟楚江看他神色，心中明了。

其实，宋致觉得潍城现在的这种平静就是最不正常的地方，九尾猫大批失踪，还主动隐藏自己避开驭猫人，这是前所未有的事情，是什么让这些猫都突然失控了？

"前几天我刚到潍城的时候，我的猫告诉我，在淞源闻到了别的猫的味道。"宋致说到这里，心底隐隐有些猜测，九尾猫失踪的时间不是偶然或者不是九尾猫的主观意识控制下的，"钟叔，也许你的猫不是不愿意和你联系……"

闻言，钟楚江的眉头紧紧地皱起，心中也有了计较，手指在桌面缓慢地叩击。

"不论是什么原因，我一定会查明的，你也要小心，我们驭猫人的责任就是守好九尾猫，十年前那样的事再不能出了。"

"乐之还没有醒过来？"宋致看着眼前年逾半百的老人一瞬间暗淡的眼，在心底幽幽地叹着气，十年前那件事自己虽未亲身参与，但是也有所耳闻，那一场大火染红了半边天，钟乐之不仅遗失了长子，自己还因为灵力枯竭至今昏迷不醒。

房间里的两人心思各异，在书房外偷听的钟暮思也听得惊奇不已。

九尾猫?

这个世上真的有九尾猫?为什么爷爷从来没有告诉过自己?

连着下了一个月的雨，天终于开始放晴，天空是被雨水冲刷过的蓝色，森渔慵懒地窝在墙头盘成一团，时值正午阳光暖暖地铺在身上，让她一阵犯困。

瞿理远远地走过来就看见墙头那一团漆黑，蓦然想起了许久之前雨夜里的那只九尾猫，但是这一只好像比上次那只九尾猫小一点，而且也没有那一把扇子似的尾巴，这一片经常有野猫出没，应该只是长得像吧。

其实瞿理是很想再见一次那只九尾猫的，不是为了许愿，就只是单纯地想再见见那只九尾猫。

也许是因为那段时间频繁地回忆起在福利院的记忆，九尾猫的出现就好像是可以斩断自己苦境的机遇，但是他从那只九尾猫的眼睛里得知，其实她并不是心甘情愿想要给自己偿愿，不愿强人所难，也因为心中的巨大失落感让他把所有的情绪发泄在了那只黑猫身上。

那天回到家后，他又去网上查了九尾猫的资料，从那些模棱两可的字句里得知了九尾猫的可悲之处，他们不停地修炼尾巴，不停地替人达成愿望而失去尾巴然后继续修炼……

这看起来就是个奇怪的死循环，似乎是无论怎样都不可能修炼到九条尾巴。

瞿理觉得有些可笑，就像自己这双眼睛，似乎所有人的内心都明明白白地摆在自己的面前任由自己窥探，可是，又有多少人想要拥有一双这样的眼睛呢？

他们所拥有的都是别人梦寐以求的能力，但是其中的痛苦只有自己才知道。

森渔惬意地沐浴在阳光之下，太阳暖烘烘地炙烤着全身，毛也跟着蓬松起来，心情舒爽地抬起眼皮，眯了眯眼适应阳光后，就看到眼前站着个人，她一瞬间有些茫然。

瞿理紧盯着黑猫的眼睛，没有出现意想之中的声音，想着这一身黑的猫也没啥特征，大概只是一只普通的猫吧。

森渔看他只是一直目不转睛地盯着自己，觉得跟他这样大眼瞪小眼有些无聊，便挥动一下尾巴埋下头打算继续睡觉。

“嘿，小黑猫，你是那只九尾猫的亲戚吗？”瞿理看着眼前懒洋洋的猫咪，小声问道，脸上也不由自主地带上笑意。

听到“九尾猫”这三个字的时候，她开始警惕起来，想起了这个人就是下雨那天那个奇怪的有缘人，不明白他有什么目的，森渔的尾巴也瞬间僵硬起来。

“我看你长得跟它很像，你如果认识它的话，你帮我给它说一声抱歉好吗？”瞿理说完就觉得自己大概是有些魔怔了，才会在这里跟一只野猫对话，又想起来其实也没有人和他对话，便自嘲地笑了笑。

森渔看着他奇怪的言行举止心中有些无语，暗忖人类果然很无聊，本不想理会他却瞥见他脸上那一抹失落的微笑，心中莫名一滞。

3.

阳光炙烤下，一辆黑色的轿车停在了丑巷的巷口，漆黑的车身在阳光下倒映着天空。

“就是这里了，那只猫的味道就出现在这里。”后座上一个青涩少年模样的人开口道。他是宋致从淞源带过来的九尾猫，名字叫宋时。宋时在去钟家的时候就在附近闻到了森渔的领域标记。

钟楚江神色凝重地凝视着车窗外那块斑驳的路牌。

就是这里吗？钟楚江望向小巷，深深地吸了一口气，终于打开车门跟着宋时向丑巷内走去。

钟楚江的视线顺着青灰色的墙面找过去，趴在墙头睡意正浓的森渔从那辆车到的时候就被吵醒了，抵不住困倦晃晃耳朵打算继续睡下去，鼻子耸动间却嗅到一股奇怪的气息，那是九尾猫的味道，是很多只不同的九尾猫的气息混在一起的味道，其中有些猫的味道已经很淡。

一只九尾猫和一个浑身都是九尾猫味的人。

猫从来都是领域意识极强的动物，九尾猫更不例外，森渔自然也极不喜欢别的猫涉足其生活空间。

睡意瞬间淡去，她迅速抬起头，就看见一个精神矍铄的老人和一个白净的少年向这边走来，似乎在找什么。森渔的视线立马就和那少年碰撞在一起。

钟楚江感受到被一道紧迫的视线紧睇着，看似慵懒和清淡，实则包含着浓重的威胁和警告。宋时有些惧意地向钟楚江身后挪了一步，他很明白自己打不过对方，那种来自灵魂上的退缩告诉宋时，但是他也从喉咙里发出一阵低低的嘶鸣。

的确是九尾猫。

会有这么直白的视线还有身上隐隐带着愿灵的味道，应该是刚刚被许愿没多久的九尾猫。钟楚江打量着眼前的黑猫，看到那浅金色的猫瞳隐隐流动的光芒，他心中一紧，这只猫很特别。

“御猫钟家望您赏脸。”钟楚江向森渔点头示意，说得谦逊。九尾猫都有十分强烈的自尊心，不愿意轻易服从人的命令，只有这样才能获得他们的好感。

果然，森渔轻轻一跃跳下墙头，绕过他们，向不远处的黑色轿车走去。

“那我们就先到处看看，难得来一次潍城。”宋致走下车向宋时招了招手，走近后安抚地摸了摸宋时的发顶，宋时也隐隐地温顺起来。

“好的，这次谢谢你们了。”

宋致摆摆手没有说话，与钟楚江告别前最后望了一眼，那只猫浑身墨黑，两只爪子挺得笔直立在身前，蹲坐在座椅上显得无比高傲，尾巴优雅地盘在身侧，漫不经心的态度却又无比倨傲。

不知道钟叔找到这么一只猫是福是祸啊……宋致心中此时也难下定论。

世上有九尾猫自然就有驭猫人，驭猫人就是负责维护九尾猫和人类之间和平共处的存在，对九尾猫来说也算是一种变相的保护和引导。

森渔其实不喜欢驭猫人，她漂泊多年独自惯了，也见过许多觊觎九尾猫能力的人，每个人都有愿望，这些原本遥不可及的东西一旦实现得太过容易，就会有成百上千个接踵而至。

森渔不想与人太过接近，起码不想与钟家这种对九尾猫知根知底的人太过熟稔。

她觉得自己并不需要保护，更不喜欢束缚，打定主意要拒绝钟楚江的庇护。

钟楚江自从遇见森渔后，心思也是不停翻转，最近并没有听说有哪家有九尾猫失踪，那么这是一只不在册的猫。

他们在上楼时，钟暮思正好从卧房出来，在楼梯拐角处碰到。

“爷爷。”

钟楚江微不可察地皱了一下眉，点点头就向楼上走去。

钟暮思注意到爷爷身前的黑猫：“怎么有一只猫？”

“你宋叔叔有事，暂时托付给我看管一段时间。”

“这只猫看起来很没精神啊？”钟暮思伸出手想要摸一摸阶梯上的黑猫，森渔略偏头伸出爪子将他的手挥开。

“嘶！”钟暮思捂着被黑猫拍得已经泛红的地方，这猫看起来小小一只，力气还真大。

“暮思！”钟楚江皱眉呵斥。

“爷爷，这只蠢猫挠我！”

你才蠢！你全家都蠢！森渔有些奓毛，龇牙浑身紧绷地瞪视着钟暮思，躬起的身子就像是随时准备下一秒就要扑上去。

“暮思，别胡闹。”九尾猫自尊心极强，尤其受不了这种低人一等的态度。

钟楚江向森渔隐晦地解释：“这是我的孙子，他并不知晓……”

森渔终于收起攻击的姿态，不屑地瞥了眼看着钟楚江一脸震惊的钟暮思，向楼上走去。

钟暮思隐忍着，艰难地开口：“爷爷，你到底有什么事情瞒着我？”

“暮思，爷爷是在保护你，有些事情你不知道会比较好。”钟楚江刻意回避着这个话题，眼前恍惚间像是有猩红的光闪过，还有扑面而来的滚烫热浪……

“爷爷！我不是小孩子了，我有权知道……”

“暮思，”钟楚江的口吻带着少见的无奈，“爷爷会告诉你到底是怎么回事的，但不是现在。”

看着爷爷消失在楼梯拐角，钟暮思心中疑惑，就像有无数只蚂蚁在爬。他不知道为什么爷爷会选择瞒着他，对于九尾猫唯一的获知就是那天在书房外偷听到爷爷和宋致的对话。那天之后，钟暮思就心生疑窦，查了不少与九尾猫有关的资料，但都是一些神话传说，然而对处于这疑惑中心的钟家，他却一无所知，还有爸爸，他一直没有见过爸爸，自有记忆以来，爷爷总说爸爸还在世，但他却一次都没有见过，这究竟是为什么？难道在他们心中，这些都比他重要吗？

对于太过怪诞的事情，人总是有莫名的好奇心，想要一探究竟，他不知道爷爷出于什么隐情要瞒着他，然而，越是这样他越是想得知真相。

钟楚江能感受到孙子的内心挣扎，但他不会容许钟暮思有一点意外，在十年前那场大火之中他就已经发过誓言，一定会照顾好钟家仅剩的血脉。

“为什么不告诉他，你们钟家不是驭猫世家吗？”森渔言语中带着戏谑，据她所知，驭猫人一般是世代相传，因为他们所传承下来的能量是依靠血脉繁衍的。

听到书房内传来的声音，钟楚江推开半掩的书房门，书柜前站着一个看起来十七八岁的少女正在打量书柜上的陈设物。

“我不是故意偷听，你也知道猫的听力很好，而且你那个孙子……太聒噪了。”森渔脸上是明晃晃的嫌弃，她还在记恨钟暮思说她是野猫的事情。

“没关系，暮思他就是这样毛毛躁躁的性格，但是他不是故意的，你别放心上。”钟楚江并没有回答森渔的问题。

森渔不置可否地放下手中的相框，相框上是一个看起来二十来岁的男人抱着一个吹着鼻涕泡酣睡的婴儿，那个男人笑得开怀，眼角眉梢都散发着温暖的味道，他的身边还站着一个小男孩，也是笑得阳光灿烂，森渔从看到这个相框的第一眼就觉得那个男孩的眼睛好像在哪里见过。

“好了，为了谈话顺利我也变幻成人形，有什么话，我们开诚布公地说。”森渔倨傲道，钟楚江看她故作严肃的样子心中有些想笑，但他知道如果自己笑出声来，眼前这只九尾猫一定会气急败坏地离开。

九尾猫总是这样，明明对人情世故是出于懵懂的状态，往往还要故作老成，看起来就像是一个偷穿父母衣物就能变成大人的小孩，也正是因为这样，才需要驭猫人去引导他们，但是让这些小家伙接受驭猫人的善意可是很不容易啊。

“你有名字了吗？”名字对于九尾猫来说有不同的意义，一般来说，为九尾猫起名字的人变相的也就是九尾猫的主人。

“森渔，我给自己起的。”她笑得有些得意，像是在说别以为我不知道你打的什么主意。

“是个好名字，真可惜。”他说着可惜但是言语之中满是笑意。

“老头，我是不会臣服于任何一家的。”森渔有些不耐烦，不再与他打马虎眼，态度傲慢。

“九尾猫与驭猫人从来就不是从属关系，这一点我需要告诉你，”钟楚江盯着她的眼睛，像是要让她看见自己的诚意，“驭猫人只希望看到每一只猫可以很好地融入人类的环境而不造成混乱，我希望你能明白。”

森渔撇嘴不以为然，钟楚江继续道：“我希望你可以愿意让钟家帮助你。”

“不需要，”森渔打断了他，“我这样挺好的，我不轻易变成人类，也不想融入人类，所以更加不需要你们的帮助，”森渔其实也不觉得钟家能够给予她什么帮助，他们只是人类而已，在森渔眼里，人类是很脆弱的生物，他们对太多的事情都无能为力，又奢求太多不属于自己的事物，他们脆弱、敏感、多疑，而且贪婪，就她来说她更喜欢猫的状态，在人间行走也不想要以人的形态与太多的人类有牵扯，“我走了，你的愿望我恐怕没有办法实现了。”

“如果我说我可以帮助你更快得到九尾呢？”

森渔离开的脚步随着他这话一顿，心中有些犹豫，她觉得自己百年间都没有办法参透的东西，他一个人类怎么可能知道。

但是从另一面说，九尾，对于她，或者是所有的九尾猫来说，都是一个极具吸引力的词，她已经八尾太久了，久到她已经不确定九尾到底是不是可以追求到的东西。

“你说的是真的？”她有些犹豫，但是脸上仍然写满怀疑。

“虽然我不太确定，但是十年前确实有猫成功过。”钟楚江笑容里有些无奈，也许没有那次九尾，钟家就不会变成现在这个样子。

“那那只九尾猫呢？”森渔有些心动，但是毕竟她来潍城的这段时间并没有见到有已经修成九尾的九尾猫出现过，所以她还是不敢相信他。

“他失踪了，十年前发生了一些事，事情结束的时候他已经不知所终。”钟楚江当然知道森渔不会相信，但是他也知道九尾猫对于九尾的渴望。

“我怎么知道你说的是不是真的，说不定你与那些人一样，只是想要无穷无尽的愿望呢。”森渔的言语越来越不客气也越来越冷。

“我的确没有办法保证，你如果不相信的话，连我见过已生九尾的九尾猫也只是空口无凭，但是你的确没有别的办法了不是吗？你已经八尾很久了吧。”钟楚江的神色间满是睿智，“几百年了你还是没有办法参透，我应该是你遇见的第一个见过九尾的人，何不试着相信我呢？”

钟楚江说得对，森渔在修炼这件事上毫无头绪。

“如果你欺骗我，你知道后果是什么。”森渔神情有些冷，身上也开始泛起戾气，右手背在身后，指间是伸出来的尖锐利爪，浅金色的眼直直地盯着钟楚江，里面有些妖异的绿光在其中流淌。

“当然，我以钟家驭猫世家的名誉起誓。”

森渔顿了两秒，悻悻地收回手，她看着钟楚江挂着笑容的脸，意识到钟楚江似乎没有把她的威胁放在眼里，有些挫败：“说吧，你的要求是什么，帮助我达成九尾的条件。”

“呵呵。”钟楚江低笑一声，果然，九尾猫都是一样，防备太重但是也太过单纯，就是这样才有驭猫人，唯恐他们被有心人欺骗利用。

森渔看他笑得古怪，忍不住出声：“难道你真的是在骗我？”

“怎么会，我的条件是，希望有需要的时候你能够给予钟家一个愿望。”钟楚江知道如果不这么说，眼前这只高傲的猫恐怕会因为怀疑而离开，九尾猫都是单纯而直接的生物，天性使然。

“那么我们达成了交易，接下来要怎么做？”这并不是一个过分的要求，森渔理所当然接受他的要求。

钟楚江矮身在抽屉里掏出一只手机，递过去，森渔皱着眉头盯着他手里的手机，表达着自己的抗拒，钟楚江不容拒绝道：“我需要随时知道你的状态，以确保你的安全，也有利于你尽快修炼出九尾。”

森渔虽然不知道手机和修炼有什么关系，但是还是不情不愿地接下了。

“我会让管家去安排你的入学手续，下周开始你跟我的孙子钟暮思一起去上学。”

第二章
XIANG
JIU

相 救

1.

空气中，是春雨润泽后留下的清爽气息，月亮也随着黑色云层的迁徙而散发出白色的冷光，虽然没有星星的点缀，但是明媚的月色下一切都显得温柔。

在这片令人迷醉的夜色里，罪恶也在这片宁静中悄然滋生。

空荡荡的小巷里破败丛生，偶尔有流浪动物蹿过的身影，街道上的店铺也都是门户紧闭，一家不起眼的杂货铺门缝下却透出一丝光芒。

昏黄的灯泡上满是尘垢，有蚊虫鼓动着翅膀徘徊在吊灯周围，房间里陈设着几张简陋的铁桌锈迹斑斑，但是丝毫没有影响到屋里人的热情，袅袅的烟雾升起汇聚在天花板上，显得整个房间乌烟瘴气，烟味、酒精味、人身上散发着的汗臭味和铜臭味混杂在一起，让整个场所弥漫着一种奢靡的腐朽味道。

“赶紧开牌亮点子，磨磨叽叽就能赢了？”牌桌前坐着一个满脸横肉的光头男人，他是这一带出了名的好赌，叼着烟不耐烦地催促，烟灰随着他拍桌的动作抖落在通红的纸币上。

“催什么催，让你有点心理准备，一会儿怕是输得连裤衩都不剩咯。”话里有着志在必得的幸灾乐祸，毕承坐在桌前胜券在握地搓着手，在心中暗自庆幸，没想到那天那只九尾猫说的是真的，这几天他的手气好得不敢置信，几乎是逢赌必赢，早知道那会儿就多要一点，毕承在心里暗自可惜。

“哟，老子倒是要看看你怎么赢得老子连裤衩都不剩！开！”那人拍着桌子瞪视着毕承。

“瞧好了啊！”毕承说着扬扬自得地将手中的牌甩在桌面上，一对九！

房间里瞬间就炸了，那男人也忍不住破口大骂，毕承笑嘻嘻地将桌面上的钱往自己怀中拢，脸上满是贪婪的喜悦。

男人像是发觉出什么不对劲儿，抓住毕承的胳膊一手将他提了起来，满脸的肉皱在一团恶狠狠地靠近他逼问道：“奶奶的，你小子是不是出千了！”

一石激起千层浪，周围的人闻言也是一脸恍然大悟的样子，层层叠叠地将毕承包围起来。

几台液晶电脑将赌场里的混乱尽收进来，段苛坐在电脑前嘴角却渐渐向上，身旁一身西装的男人却有些站不住，上前弯下腰恭敬地低声问道：“段先生，要不要……我下去看看。”

段苛抬手摸了摸怀中懒洋洋眯着眼的灰猫，又看了眼电脑上混乱的场景，慢悠悠道：“不急。”

张卓看他不紧不慢的样子，心中有些发毛，毕承是一周前突然出现在赌场的，赌场每天都有不同的人出现离开，张卓一开始也并不在意，但是随着时间一点一点地过去，渐渐地他发觉出不对也越看越心惊，这个人运气未免也太好了，让他不得不怀疑，但是说他出千却完全看不出他有出千的手法，无奈之下只能心惊胆战地请来了段苛。

“他赢了多少钱了？”段苛饶有兴致地瞥了眼一旁的张卓。

张卓觉得喉头发紧，舔了舔嘴唇，上前一步道：“来来回回……将近十万了。”

“十万，呵呵，有意思。”段苛的脸上一直浮现着笑容，笑意却远远没有到达眼底，反而透露出隐隐的凶光，张卓在一旁冷汗直流，眼神直往屏幕上飘去。

赌桌上的情况此时好像已经完全反转过来，那个光头男人将牌丢在桌上，挤着一对小眼恶狠狠地道："老子就不信了，这么多双眼睛盯着你你还能出老千！开牌！"

毕承被牌桌发出的巨大声响惊得心也跟着一颤，手中捏着的牌也跟着都落在桌面上。

"他妈的，就知道你小子出老千！"光头男人猛地站起身，揪住毕承的衣领像是拎小鸡仔一样，"现在老子盯着你你就赢不了了！千了老子这么多钱，玩得开心吗？"

毕承全身都开始僵硬起来，他心中很慌乱，想说出这是自己向九尾猫许愿的原因，但是他私下里又不想被人知晓其中的秘密，于是硬着头皮一咬牙："我没有出老千！"

"还嘴硬！你看我不把……"光头男人提着他的衣领，看样子是不肯善罢甘休。

"吵什么吵呢！"张卓的喝止声让赌场里的人都停下了动作。

"张先生，这贼小子在你的场子出老千，你看怎么办吧？"光头将毕承丢在一边，走到了张卓面前，目光逼人但是心里其实没有多少底气。

"你想怎么办？嗯？"张卓笑眯眯地看着眼前模样凶狠的人，反问着。

"我……"光头心里明白，别看张卓一脸好商量的样子，实际上能做一个赌场管事的人会是什么善茬，不禁有些悻悻别过了头。

场面一时之间安静下来，张卓眼神在两人之间来回扫视。

“你在他那儿输掉的钱等会儿去楼上领，这人我带走了，段先生想见他。”说着向身后人使了个眼色，那人架起瘫坐在地上的毕承便向后走去。

毕承哆嗦着抬眼望着对面西装革履的两人，张卓恭敬地站在一个似笑非笑看着自己的男人身后。

段苛膝间那只灰猫突然跳下来，径直走向战战兢兢的毕承，在他脚边用鼻子微动嗅了嗅，紧接着在毕承身边神色倨傲地徘徊。

见此情形，段苛笑得越加开怀：“说说吧，毕先生。”

“我……我……我真的、真的没有出老千……”

“不不不，我想你没有懂我的意思。”毕承抬起头看着那个男人一脸惋惜的样子，“我的意思是……你遇上的那只猫。”段苛的声音很轻，很淡，但是听在毕承耳里就像是寂静森林中破空而来的一支羽箭，直击他的心脏。

那只九尾猫。

毕承觉得脖子都开始僵硬起来，身后那只灰猫拱起脊背冲着他龇牙咧嘴地低吼，他像是被扼住脖颈一般艰难地呼吸着，眼前那张带着笑容的脸也像是从地底爬出来的邪恶修罗一般不怀好意地窥视着自己。

2.

潍城的雨季虽然已经过去，但是空气中还带着点湿润，经过一夜露水的洗涤，温柔地压制了浅色阳光中的燥热。

矮胖的班主任董荐板着脸严肃地抱着一沓教案，大踏步走上讲台，他的身后跟着一个低着头留着齐耳短发的女生。

“这是我们班上新来的转学生，叫森渔。”

董荐是个话不多的人，但是笑容极少，常常就是黑着个脸在走廊上来回巡视。

所有人的视线都聚焦在他身边的森渔身上，白净的巴掌脸，光洁的额头和高挺的鼻梁，一双圆溜溜的浅色大眼睛，然后是浅红的薄唇，柔软的发丝如墨般浓黑。

整个脸就是恰如其分的冷若冰霜，没有丝毫表情，站在讲台上不言不语却毫不掩饰地透露出她的不屑与不耐烦。

“你的座位在那儿。”顺着董荐指过去的地方看去，那是教室角落唯一一个空位置，旁边已经有一个男生坐在那儿，森渔也不多话，径直走过去坐下。

董荐在讲台上瞪目结舌，钟暮思在台下看得满脸的不敢置信，在心中不断地问自己难道不应该简单地自我介绍或者表示一下友好？起码要面带微笑吧！

昨天下午，钟楚江思考再三，终于决定将九尾猫的事情告知钟暮思，钟暮思得偿所愿之际也是不敢想象，九尾猫在这个世界上真实存在，还与自己的家族密切相关。

除此之外，钟楚江告诉他，九尾猫身上与生俱来的神奇力量就像是引人垂涎的宝藏，但是也是一颗随时会引爆的定时炸弹，希望他保证在学校期间也要照顾并且适当地引导森渔尽快适应人类生活。

钟暮思看着走下台的森渔，突然觉得这个任务无比艰难。

森渔一步一步走向自己的座位，靠窗的位置有一个发丝凌乱的男生坐在那儿，他正在细致地盯着桌面上摊开的书本，低头苦思冥想着什么。

瞿理的位子就在那个空位置的旁边，因为他性格沉闷还有那些流言蜚语，班上的同学并不爱和这个看起来阴郁而古怪的同学来往。

森渔记得这个男生，这个男生她见过好几次了，除了那个雨天，还有之后好几次瞿理都拿着莫名其妙的东西想喂自己，就算是遭到拒绝也不在意。

在冗长的记忆里，瞿理并不是第一个对自己表达出善意的人，森渔在还很小的时候也接受过别人的喂食，但是每当离开时，那张满是失落的脸让她的心中也是一阵酸酵，不明白她的内心怎么会有那种感觉，这让她很难受，次数一多也有些不耐烦，于是下一次，便会避免再发生这样的事情。

森渔想到很久以前，那些模糊不清的场景和没有面容的脸，心中像是有什么情绪被浓雾裹住。

阳光透过窗柩投影在桌面上，穿过瞿理细软的发丝，温柔地搭在他的脸庞，森渔看到他脸上细小的白色绒毛，长而挺直的睫毛随着眼睑的扇动而轻微地起伏着，有细小的灰尘在其上轻舞，金色的暖光照在他苍白的脸上。

森渔一言不发地在课桌前坐下，终于惊醒了专注的瞿理，他抬头看了一眼这个新同桌。

“好，今天我们来学习一下柳永的……”老师讲课的声音响起，森渔靠在座椅上目不转睛地看向前方，从瞿理的角度看过去俨然就是一副认真听课的样子，瞿理还注意到这个新同桌的眼珠不像常人，是浅金色的，瞿理突然想起那只墙角下的小黑猫。

那只黑猫的眼睛，好像也是这个颜色，又好像还要再淡一点……瞿理不确定地想着。

森渔眼神涣散地盯着教室前方的花墙纸，有些沮丧地想起昨天钟楚江说的话：“你知道九尾猫为什么要修炼尾巴吗？”

森渔有时候也迷茫过，尤其是每次失去尾巴之后，却也从来没有细想过这个问题，在她的心中，修炼尾巴不就是为了九尾吗？不然还能为什么。

当听到她这么说，钟楚江脸上有了明显的笑意，还说："等你哪一天明白了九尾猫修炼的意义，你就离九尾不远了。"

但是，修炼和上学有什么关系啊！她不知道自己到底要不要相信那个老头，但是她更加明白自己这几百年谁也不相信却也是毫无办法，森渔在心里努力说服自己，也许说不定这就是一个转机呢？

为了修炼，为了九尾，有什么不能忍？

森渔听着教室里的读书声，有些崩溃，之前的心理建树在这一瞬悉数垮塌。

真的很吵啊！

耳朵里被震得隆隆作响，她烦躁地在座位上不停地动来动去。

放学的时候，钟暮思找过来，发现森渔已经趴在课桌上睡得死死的。

"森渔？森渔？放学了。"钟暮思摇着她的肩膀，此时已近傍晚，放学已经有一会儿了，校园里也只剩下零星的几个学生在打扫卫生。

森渔懒洋洋地直起身，有些愣怔地看着钟暮思嘴巴一开一合，好半天才回忆起自己与钟楚江的交易，当她一想起明天还要来继续上学，加上钟暮思一直在身边念叨，森渔心中抑制不住地烦躁，森渔觉得就不该答应钟楚江那个老头！

“……赶紧回去了，天都黑下来了，明天还要……”

“你闭嘴！”森渔皱着眉不耐烦地在桌上一拍，“砰”的一声将钟暮思吓得浑身一震愣在原地。

钟暮思吃惊地看着眼前还睡眼迷蒙的女孩，森渔神色如常地在醒神，九尾猫的脾气都这么大吗？

森渔终于用手揉了揉脸，五官挤在一起，钟暮思有些好笑，小心翼翼地再次开口：“可以走了吧，猫大姐！”

“你闭嘴。”虽然他那诚惶诚恐的态度在一定程度上很好地取悦了森渔，但是森渔还是觉得他很欠揍。

她站起身伸了个懒腰，钟暮思想着总算是愿意走了还自觉自发地拎起一旁的背包，帮森渔收拾好东西，还没等收拾完，就看见身旁的人影一花，他扭头只看见森渔消失在窗口的虚影。

“我操！”他简直震惊得眼睛都快脱框了，忙不迭扒拉着窗口向下看去，教学楼下是一片绿化带，他仔细搜寻就看见一只小黑猫矫健地从楼下的灌木丛中冲出去，就像一颗黑色的子弹。

“你就这么走了，我怎么跟我爷爷交代啊！”钟暮思脸色铁青，冲着森渔消失的方向喊道。

回答他的却只有鸟扑棱着翅膀划过灰色天幕发出的“咕咕”叫声。

3.

月光透过落地窗洒入房内，房间里并没有开灯，段苛坐在靠床的沙发上，指尖夹着一盏高脚杯，暗红色的液体随着酒杯的晃动时不时反射着白色的光点，在月光下就像盛了一杯碎光。

一室漆黑，唯独他眸色灼灼，不知盯着哪里，安静的环境下人更喜欢胡思乱想，段苛的思绪也在这一片静谧中越飘越远。

那时的段苛还是个十七八岁的少年，接连的大暴雨导致山体滑坡，突然断电让所有人都无所适从，紧接着咆哮的洪水像是蓄积已久的凶恶野兽席卷了他所在的村庄。

浩浩荡荡的深黄色水流呼啸着拍打着，冰凉的水四处蔓延，水流越加汹涌，水位也在不断地上涨，段苛水性还算不错，人也很机灵，在被洪水冲走之后，顺着水流飘远的他没有惊慌，瞅准机会一把抱住了身侧的大树树干，得以喘息之下后，他发现不远处有什么东西在水里激烈地扑腾挣扎。

他抓着还算结实的树枝，伸长了手臂一把将那个正在奋力扑腾的动物捞起，他一只手紧紧地搂护住那个冰凉的身躯，直到抓住树干才敢分神去看，那是一只已经看不清颜色的小猫，睁着无辜的眼睛浑身发抖地看着自己，他的心一瞬间就有些软。

正当他小心翼翼想要把小猫安置在树干上时，他觉得有什么滑腻的条状物缠绕上了他的脚踝，应该是水草或者团团包裹的垃圾之类的东西，但是就在这一刻，他却清晰地感受到洪水的汹涌，剧烈的冲击使他脱了手，脚踝被水草牵制着跟着水流飘去。他挥舞着手想要抓住树枝，但是一次次拍打到的都是冰凉的水面，溅起的水花都带着浓重土腥味，水流不断地灌进他的嘴里、鼻腔中，他觉得呼吸有些艰难，手臂的负重越来越吃力，就连大脑也好像越来越麻木，想不出应对的办法。

他终于体会到眼皮如坠千斤的感觉，大脑都越来越重越来越混沌，他想着我就快死了吧？会被水流冲走吧？就在这个时候，一只细瘦的手捉住了他的手腕，他用尽力气抬头就看见了紧抿着唇的苏苜，深黄色的泥浆和濡湿的长发黏在她的脸颊上，那双琥珀色的大眼睛里写满了他看不懂的迷茫还有挣扎。

那时候他还不明白眼前这个女孩是在心里下了多大的建设才决定要这么做，从那一刻开始，她的命运开始变得像计时的沙漏，眼中流淌的都是混杂着鲜血的眼泪。

每当苏苜想起这段记忆的时候，她也曾想过，如果那时候自己没有救段苛，或者他没有救自己，是不是后来事情就不会发展成那样？

雨已经停了，水声轰响，还有不知从哪里飘来的呼救声，衬得这人间如同地狱一般。

“吱呀——”

细微的开门声在这静谧的环境下显得格外突兀，也像是回忆中那一声不知何处发出的叹息，打断了段苛的回忆，房间里黑暗涌动下有两点莹莹绿光渐渐向段苛靠近。

“什么事？”段苛抿了一口酒轻声问道。

莹绿色骤然消失，一个看不清面目的黑衣男子从暗色里走出来，戏谑道:“罗鼎升的身体早就已经是强弩之末，但是他还是想要压价。”

“呵。”段苛轻笑一声，扬唇咧开一个意味不明的笑容，眼中满是讥诮。

“告诉他，我的规矩就是这样，如果他接受不了我提出的要求，如果他觉得自己的命不值这个钱，那还是请他把钱带回棺材里，到时候他就会知道现在的想法是有多愚蠢。”段苛说得毫不留情，钱是好东西，没有人会不喜欢，但是如果没命花，再多也是一堆废纸。

“毕承的事情怎么样了？”段苛声音冷淡没有多余的情绪。

“知道的都说了，但是人……”说话的人透着一股慵懒还有不怀好意。

“说重点。”段苛有些不悦，不在意地将酒杯中的酒一饮而尽，拿着杯子在指尖来回把玩。

他笑了笑，像个被发现恶作剧的孩童：“是一只黑猫，在郃宜路的赌坊附近，我已经去看过了，不在那儿，而且味道已经很淡了。”

“没关系，只要她还在潍城，就不怕她不露面。”段苛看向窗外，志在必得的样子。

窗外的天幕黑得浓重，看似平静无波，实则底下那一团灰黑色的乌云翻滚涌动，月亮也被遮蔽起来，虚弱地透着微光。

清晨，空气里都是带着湿气的露水，玻璃窗上泛起一层薄薄的白雾。

瞿理打开窗，让清新的空气透进房内，偶然瞥见楼下缩得小小的漆黑的影子，他惊异地下了楼。

瞿理看着眼前缩在一团的黑猫，伸出指尖轻轻碰了碰黑猫的鼻尖，有些凉。

看着黑猫缩了缩小巧的鼻子，瞿理的嘴边浮起一抹笑容，轻手轻脚地将黑猫抱在怀里。

小东西像是感受到热源的靠近，舒服地蹭了蹭又沉沉睡去，瞿理好笑地摸了摸黑猫带着点湿润的黑色皮毛，转身上楼。

瞿理是很喜欢小动物的，因为它们不会用那种看异类的眼神看着自己，它们的眼睛干净澄澈，在孤儿院的时候，也有许多流浪猫攀过墙头，他总喜欢和这些陌生的到访者说心里话，它们的眼睛里不会有乱七八糟的东西，每当这时候，他就会有自己只是一个普通人的错觉。

瞿理用柜子里的旧枕头为怀里的小黑猫做了个临时的窝。看着自动蜷缩在一团的黑猫，瞿理暗自好笑，想着这么折腾它都没有醒，可见睡得还真死。

瞿理的脑海里不知怎么就莫名想起了新来的那个同桌——森渔，她也整日都是昏昏沉沉的，什么嘈杂的声音都不能够打扰到她，好像是把所有的人事物都当作空气一样。

不得不说，森渔的外貌虽不是美得惊艳的那种，但是真的很漂亮，小巧的巴掌脸，白皙的皮肤，还有那双异色的大眼睛，都让人忍不住想靠近她。

一开始的时候，也有主动与她说话示好的人，但是她的表现在自己看来无一不是游离在人群之外，她就像在幽深古堡中离群索居的小公主，高傲而且有些任性。

但瞿理总是忍不住被她吸引，就像是来自灵魂深处的牵扯，脑海中总是有一种不知名的熟悉感，明明是在记忆里搜索不到的人，但是每当想起她，脑海里就会有一个模糊的黑影。

他们俩默契地驻扎在教室的角落，就像是两个孤独的对立面，一个是被人群排斥的孤独，一个是排斥人群的孤独。

却有一种怪异的融洽，他们所处的一隅就像是远离大陆的孤单岛屿。

瞿理挥挥头不再乱想，安静收拾好自己，最后看了一眼窝在那儿的小猫，关上了房门离开。

教室里陆陆续续坐满了人，原本静谧的环境也开始热闹起来。

马上就要上课了，钟暮思却在座位上坐立不安，眼睛也紧紧地注视每一个进入教室的人，唯恐漏掉了什么。

昨天森渔从教学楼跳下扬长而去的时候，他就见识到了森渔的随性，他战战兢兢回到家才发现钟楚江并不在家，庆幸之余又隐隐有些不好的预感，直到他看到后门的窗口上出现班主任的那张脸，原本就不大的眼睛眯起来紧紧地瞪视着教室角落的那张空座椅，钟暮思终于确定自己有麻烦了。

他烦躁地挠了挠脑袋，知道秘密果然是要付出代价的！

课休的时间，班主任董荐背着手一脸严肃地把钟暮思叫到了办公室，钟暮思束手束脚地站在那里，看着董荐那双耷拉着眼皮的小眼睛紧紧地凝视着他："森渔今天为什么没有来上课？"

"她她……她身体不舒服，在家休息！"钟暮思支吾着搬出了想好的借口。

"那为什么没有跟我请假？"

"大概是爷爷忘了吧！老人家记性都不太好。"钟暮思挤眉弄眼企图蒙混过关。

“你别给我打哈哈，给你爷爷打电话。”董荐翻着白眼不欲与他多说，挥着胖嘟嘟的短手，看在钟暮思眼里就像在说，你小子完了。

西郊别墅。

“老爷，该吃早餐了。”

趴在床畔的钟楚江从梦中惊醒，映入眼帘的仍是沉睡中的儿子，敲门声再次响起。

钟楚江深深地叹了口气，摇了摇头：“知道了。”

钟楚江离开后，用人照例来到房间内打扫，医生说钟乐之身体的机能都没有损坏，只是不知道是何原因一直昏迷不醒，用人们私底下讨论说钟先生成了植物人，钟老先生听到以后并没有生气，只是苦笑着告诉她们，又像是在喃喃地说给自己听，他说：“乐之不是变成了植物人，只是陷入了一个类似休眠期的状态。”

她还记得老爷说这句话时露出的疲惫神色：“就像是累了要睡觉一样，乐之只是要睡得比较久而已，一定会醒过来的。”

对啊，他的儿子只是睡着了，在做一个冗长美好的梦，梦做完了就会醒了。

钟楚江常常这么告诉自己，似乎这样日子也才有盼头。

用人叹着气，在洁白床被的映衬下，钟乐之只是躺在那里，眉眼间都有着掩饰不住的温润，老天居然让这么美好的人一直昏迷不醒，是不是太无情了呢？

这栋别墅原本是钟乐之买来想要给钟楚江将来养老用，但是那时候钟楚江没有想到，最终居然是钟乐之在这里沉睡了近十年。

“丁零丁零……”

电话响了。

钟楚江平复着情绪接起电话。

钟暮思的心情就像是坐过山车一样，忐忑不安地看着接通电话后就越加严肃的班主任。

“没事，确认在家就好，做老师的也是担心学生的人身安全。”钟暮思听着班主任这么说，一直高悬起的心也终于放下。

但是，等爷爷回家之后肯定会询问森渔的情况，他该如何解释啊！森渔一溜烟跑了，手机也在抽屉里没有带，什么也没留下，一想到这些，钟暮思觉得头都大了。

而此刻被钟暮思念着的森渔，悠悠从睡梦中转醒，拉长身子伸着懒腰，这时候才发觉接触到的并不是入睡前坚硬冰冷的地面，这才开始打量起四周。

简单的陈设，没有丝毫的冗余，苍白得就像一张简笔画，寥寥几笔就能够轻松勾勒。唯一出彩的就是床边那一扇五彩斑斓的玻璃窗。

空气中弥漫着一股很清新的味道，有一种从遥远的记忆里翩翩而至的熟悉感，像极了她出生的那片森林。

这是她在瞿理身上闻到的味道。

这里是瞿理家。

等到森渔反应过来，也并没有去深究瞿理带她回来的意义，因为她知道有许多事就是不经意间决定下来，究其根本，其实不过就是在一个人兀自琢磨的时候内心排演出来的一场大戏而已，戏上百转千回，你在心底也是感动不已，但是背后的感情也许没有你内心中那么多的曲折纠葛，也许就只是一时兴起而已。

森渔很淡然，那种淡然其实也是一种漠视，对身边发生的事还有感情都是处在一种游离的状态，就像丰沛雨季的一场温润细雨，盛夏时分一个清爽的晴天，深秋森林里绽放出的一簇花朵，隆冬大雪后的一束温暖阳光，这些都是风景，季节更替终有时，总会有更加新鲜的风景遮盖之前的记忆，看过了便抛在了脑后。

在教室小憩的时候，也能够感受到瞿理视线中的探询，九尾猫本就是包裹在层层叠叠的秘密之中，所以森渔并不想过多理会。

但是每每当她莫名想起瞿理的时候，自然而然地就在脑海里浮现出与他有关的记忆，然后就想起他身上清爽的味道，意识到这个人似乎和以前自己所遇见的人不同。

但是这么说并不全面，这个人似乎与她有更多的牵连，这是以前从来没有过的。

在这样的一种困惑驱使下，森渔终于想起了和钟楚江的约定，她现在似乎应该在学校里伴随着朗朗书声昏昏欲睡。

4.

等森渔猫着身子不情不愿地来到学校，路过教学楼的时候，却突然停下了脚步，那是一个很大的操场，操场中央橙红色的跑道包围着一片茵茵草地。

此时阳光明媚，阳光投射下来的光芒上还有粼粼光斑，这是一个适合窝在太阳下睡觉的好天气，她矮身一蹿跃上台阶跳过栅栏扎进了灌木丛中，冲着草坪跑去，那一瞬间，森渔完全忘记了来这里的目的，忘记了和钟楚江的约定。

说起来也巧，这节课正好是体育课，男生解散之后就拎着篮球向球场跑去，这些活动，瞿理向来融入不进去。

在足球场的两端有两个篮球场，当森渔被吵嚷声吵醒的时候，心情可以说是差到了极点，她扬起头往那个方向看了一眼。

那边的人显然也注意到了窝在球场边的猫，森渔那一身黑还是很醒目的。

刚刚解散的队伍还有许多的人流连在操场上，不知道哪个女生惊喜地喊了一句：“那儿有只猫，我们过去看看吧！”

小动物对女孩子来说总是有莫名其妙的吸引力，几个女孩呼啦啦地就向这边走来，蹲在森渔跟前将她围住，森渔平静地注视着她们兴致勃勃的样子，甚至还有人掏出自己随身带着的零食放在森渔面前，当即就有人取笑道：“你傻啊，猫不吃面包的。”

“我又没养过猫，我怎么知道！”说着这个女生就小心翼翼地伸出手想要摸一摸森渔在阳光下黑得发亮的毛。森渔抵触地偏头躲开，直直地看着眼前的女生，表达着自己的不情愿，森渔明白在她们心里，自己只不过是一个新鲜的宠物，她不会准许自己沦为一个供人取乐的玩具，她站起身向着跑道外的主席台边的那片草丛走去。

那几个女生在森渔看过来的时候就有些反应不过来，那是一种很奇怪的感觉，她们觉得眼前这只猫有种说不出来的怪异，一时间没有人说话。

“走吧走吧，别看了，太阳晒死人了。”突然一个女生出言打破这诡异的场面。

随即几个女生附和着离开了操场，在上台阶的时候，那个想要摸森渔的女生回过头看了一眼那只古怪的黑猫，在发现一个男生向着那只黑猫走去的时候，心中有些不好的预感。

几个女孩回到教室的时候，话题还是紧紧地萦绕在那只黑猫身上，这个话题马上让不知情的女孩都聚在一起围成了一个圈。

“那只猫啊，眼睛是浅金色，全身都是黑的，在阳光下简直是黑得发亮！”

“真的啊，肯定很漂亮吧！”

……

那边的声音实在是太大，瞿理坐在角落都听得一清二楚。

全黑的猫，眼睛是浅金色，难道是他知道的那只？瞿理皱着眉头想。

那边的声音还在继续，一个女生欣喜地感叹道：“全黑的啊！我做梦都想养只黑猫！”

“赶快死了那份心吧，那只猫很傲的。”当时在操场的一个女生心有余悸地说。

看她明显不解其意的样子，她继续说道：“不知道为什么，我总觉得那只猫和别的猫不一样，那只猫简直傲得不像话，刚才阿雅想要摸摸它，它躲开了，眼睛直直地瞪视着她，那眼神……看得我们都有些冷，啧啧。”

“有你说得那么恐怖吗，不都说猫不亲人养不熟吗，对野猫来说，是正常反应啦。”有人不以为意地嗤笑道。

“不是，那只猫真的不一样，就是感觉不像是一只正常的猫……

啧，我也不知道该怎么形容……”

如果说猫有相似的话，听到这里，瞿理基本确定，她们说的就是今天早上他抱回家的那只。

“我们刚才走的时候……”阿雅有些欲言又止，“看见尹开复过去了。”

原本七嘴八舌的女孩们闻言也瞬间静默，尹开复是谁？每个学校都有几个极其嚣张霸道跋扈的人，尹开复为最，他还有一个让人恶心的特点，就是他会虐待小动物。

在年纪还很小的时候，很多人都做过这样的事，抓住一只苍蝇或者一直蚱蜢，或者随便什么无脊椎的小昆虫，拔下它的腿、它的翅膀，看着它在桌面上打着旋或者翻滚挣扎，最后你会捏下它的头，或者把它在桌上拍扁，留下一个黑漆漆的印记。

但是随着年龄的增长，你不再热衷于这样做，次数多了会觉得乏味，但是有些人却乐此不疲，甚至想要去凌虐一些和我们一样有着红色血液的动物。

尹开复就是这样，瞿理至今还记得那一幕，他和几个男生曾在教室逮到一只老鼠，那只老鼠被他踩着尾巴捉弄不停，他用卷起来的书本敲打它的头部，直到地板上有红色的印记。即使是老鼠，这么虐待它也让人心里很不舒服，有女生出声制止，尹开复被人打断后并没有如他们想象中那般不悦，他看了看身边也一脸怪异的同伴，微笑着说：

“既然这样，那我们给它个痛快吧。”他说的是我们，他当着那个女生的面，抬脚向着已经奄奄一息的老鼠踩了下去，然后扬长而去。

那个女生当场呕吐，瞿理至今还记得那块血垢的位置，那个女生每每看到都会控制不住地干呕。

暴虐的性情在还是个孩子的时候就会显露踪迹。

“应该只是正好往那边去吧……”有个女生不确定地安慰道，但是她们多少都知道可能要发生的事。

“嘎吱——”铁质的桌子腿跟地面摩擦发出一声粗哑的声响，几个女生向着声音发出的角落看过去，瞿理已经快步向着教室外走去。

操场上。

森渔看着面前这个笑得不怀好意的男生，他的手里抓着一个不知道从哪里折下来的“Y”字型的树枝，顶端还扎着一根绳索，森渔当即明白过来是怎么回事，只是不明白眼前这个人是出于什么目的要抓自己。

但是不论是出于什么目的，森渔认定自己不会被他抓住，森渔太自信了，这种自信建立在她良久以来庞大的自尊心上，她认为人类那么脆弱的生物怎么可能会给自己造成伤害，但是很久以后她才知道，并不是这样子的。

但是现在，在她的认知里，不论是从哪一方面来说，九尾猫是不可能被人类以胁迫的方式抓住的。

那是一种耻辱。

尹开复看着眼前这只不像猫的猫，他从小就不爱猫，或者说他小时候被一只心爱的猫伤透了心而怨恨上了猫这种薄情的物种。

很小的时候，他从垃圾堆里捡来了一只猫，她的继母觉得它脏不愿意让他养，他偷偷地养在阁楼里，但是那只猫却不像自己以为的那样需要彼此依赖，那只猫每天都会趁他不注意的时候从阁楼跑出去，他很难受，但是不知道为什么他就是想要把那只猫紧紧地绑在身边，他在大街小巷到处找，强迫地带了回来，它还是继续跑，如此循环往复。

直到最后一次的那个傍晚，它被冲过来的汽车轧死了，而他的第一想法却是，你终于不会再离开了，在黑色柏油马路上留下的暗红印记像是从视网膜刻进了灵魂中。

从那以后，他爱上了猫咪难过痛苦时的呜咽，像极了人哭泣时的哀鸣。

就像眼前这只猫，它越是抗拒他越是兴奋。

当瞿理赶到的时候，尹开复正倾身扑向森渔，在他扑过来的时候，森渔高高跃起，突然感觉尾巴上一痛，没想到这个人类会抓住她的尾巴！

被抓住尾巴的森渔没有办法控制平衡栽在地上，庆幸的是高度并不高，森渔并没有受伤，但是尹开复这一下却完全激怒了她，眼看着尹开复靠近，她伸出藏在肉垫里的爪子正打算狠狠地给他来一下，一个人突然从后面跑过来，一把将尹开复推开。

森渔有些恼怒自己的狼狈，凶狠地龇着牙，浑身的毛都奓开，恶狠狠地对尹开复发出沉沉的低吼。

她被瞿理抱进怀里，滚烫的手掌抚了抚她的头顶，森渔感受到他剧烈起伏的胸膛，还有他身上那股她非常喜欢的味道。

就像被安抚了一样，森渔渐渐安静下来。

“瞿理，你不要多管闲事。”尹开复瞪视着瞿理，一眨不眨。

“这是我的猫，它的事就是我的事。”瞿理的神色有些冷，他并不是故意要窥探尹开复的内心，眼神接触间，那些声音自然而然地在他的脑海里回响。

原本可以好好玩一场，那猫傲得跟二五八万一样，跟之前捉的猫完全不一样，把它绑起来折磨，看它求饶的可怜样子一定很有趣，该死的瞿理……瞿理听到一半就撇开视线不再看他。

“没凭没据你说这是你的猫，我还说这是我的猫呢。”

“你的猫？你的猫不应该埋在你家院子里吗？”瞿理突然挑了挑嘴角笑了起来，不友好的语气连他自己也有些讶异，从前的他从来没有想过某一天，自己居然会利用自己的眼睛得知的信息攻击别人。

他看着尹开复的脸色渐渐白了起来："你……"

尹开复看着面前这个同班两年的同学全然不似以往的怯懦和谦卑，此刻的瞿理像个裹着一身尖锐的刺的刺猬一般展露出与平时截然不同的样子，他一点点地逼近自己，那双紧睇着自己的眼睛，就像是记忆里那口年代久远的幽深古井，他向里面探头望进去，清凉的水面反射着冰凉的光，散发出刺骨的凉意，水面甚至还映衬着惊慌而丑陋的自己。

紧接着，尹开复听见那双平静无波又像是盛满阴森的眸子的主人说："对，我知道，我知道你虐猫，你那些隐秘的心思，我都知道得一清二楚。"

此刻尹开复觉得自己就像是赤裸着暴露在阳光下，随之而来的是强烈的惊惶和羞耻。

他诧异地看着瞿理淡漠地转过身，越走越远。

森渔安分地躺在瞿理怀里，自从瞿理出现后，她就一直注视着他的一举一动，她在第一次遇见瞿理的时候就发现，他的眼睛很漂亮很干净，但是这双眼睛凝视你的时候，瞳仁里的那种变化就像是一股黑色的浓雾逐渐弥漫，围绕着他墨色的双眸不停地旋转，让人觉得灵魂都随之被拉扯。

瞿理感受到怀里黑猫的视线，只是淡淡地一瞥，就看到那毛茸茸的小脑袋从他的怀里昂起，好奇地盯着自己的眼睛，他微微一笑并不解释，他伸出一只手揉了揉那小小的脑袋，温热软软的触感在手心中霎时奇妙，瞿理忍不住又多揉了几下。

森渔感受着瞿理的动作，有些不习惯，同时却也发现自己的心里其实并不讨厌这样的亲昵动作，这时候她听到瞿理说：“小东西，你知道你刚才有多危险吗？”

这句话顺利地勾起森渔的记忆，想起自己刚才被尹开复捉住尾巴摔在地上的丢脸样子，气恼不已，晃着头挣开瞿理的手掌。胡说八道！我又没让你帮忙，那只是我一时大意，我一只手就可以解决那个卑鄙的人类。森渔在心里咆哮着。

瞿理看着怀中的黑猫明显倨傲的样子，心中有些百味杂陈，那只九尾猫自从那个雨夜再也没有出现过，紧随着出现的就是这只小黑猫，小黑猫只有一条尾巴，但是它实在太通人性了，他甚至觉得小黑猫能够理解自己所说的每一句话，简直就不是一只猫该有的样子。

“其实你就是那只九尾猫吧？”瞿理试探地问，他敏锐地感觉到怀中的黑猫浑身一僵，但是又故作镇定地当作听不懂的样子，瞿理勾起嘴角闷笑一声。

森渔打定主意不理会他，心里觉得这个人类怎么这么讨厌，抱怨之际又嗅到空气中疑似不同寻常的味道，探头向瞿理身后望去。尹开复见状，阴恻恻地笑了起来，扬起了手中的木棍。

森渔发誓，自己从来没有这么愤怒过，她一直对人很冷淡，也的确打心里看不起人类，但是这是第一次对一个人爆发出这么浓的厌恶感。

她借力在瞿理身上蹬了一下就冲着尹开复扑过去，此时正是在楼梯上，尹开复也没有想到一只猫会做出这样的举动，但是他觉得不过是一只猫而已，他抬手想要挥开森渔，却被它用一种奇怪的方式躲过，它在半空中凭空转了个身，扑向他的胸膛。

尹开复感觉自己被用力推了一下，不受控制地向后跌去。

他在接触到地面的那一瞬间有些慌神，随后被左腿一阵钻心的疼霸占了所有思绪，他看见那只猫轻盈落地后，步履优雅不疾不徐地走向自己，那浅色的猫瞳紧随着越来越近，他看见从那道竖缝里泛起一抹妖异的绿色，他清晰地听到自己的骨头在皮肉下渐渐破裂开来的“咔吧”声，他疼得脸都扭曲了起来。

瞿理目睹了一切，他看见森渔的身上散发出莹白色的光芒，跟那个雨夜一样，此刻他终于确定，这就是那只九尾猫。

同时，他也意识到事态的严重性，这是一只传说中的九尾猫，甚至这是一只人人都想拥有的猫，它的出现必将引起一场混乱，而作为事件中心的这只猫自然不会有什么好的结果。

匹夫无罪，怀璧其罪。

办公室里，班主任董荐瞪视着眼前这个平日里沉默寡言的学生，其实他也不相信瞿理会做出这种事，他执教二十多年，学生的秉性他还是看得出来的。

“说说吧，到底怎么回事？”

“我没有推他。”瞿理的确没有推尹开复，所以坦荡。

“那总不能是他自己摔下去的吧！”董荐的话语里因为气急带着浓浓的嘲讽，对这个学生的倔强顽固的不赞同，还有那么一丝痛心，他知道瞿理是在孤儿院长大，但是这并不妨碍他欣赏这个成绩优异又肯吃苦的学生。

他也知道很多人因为出身，在校园里备受欺凌，如果瞿理是因受到尹开复的欺侮而动的手，那么他这个做老师的其实更是难辞其咎。

瞿理自然理解董荐的难处，但瞿理知道如果九尾猫暴露在众人面前将会是一个什么结果，所以他只能咬死不松口。

董荐叹了口气：“瞿理，这件事你大可以敷衍我，但是……”

“老师，我知道您是为了我好，但是这件事我自认做得没有错，就算警察来了我也还是会这么说。”董荐敏感地捕捉到他言语中透露的信息，“这件事”还有“我没有错”，都透露出两个男生之间的确发生了什么，但是似乎这样的结果瞿理问心无愧。

董荐明白，再问下去也没什么结果，抬手先让瞿理回教室等医院的结果出来了再下定论。

意外发生后，瞿理虽然也有些惊慌，但是立刻给董荐打了电话。

挂了电话后，瞿理有些复杂地看着端坐在地上的森渔，最终温柔地摸了摸森渔的头：“你先回家吧，就是今天你醒来的地方。”

我为什么要去那里,那是你家,又不是我家。森渔舔毛的动作一滞。

家这个字，第一次这么直白地出现在森渔的脑海里，在她的记忆里，只有森林里树隙间洒下来明晃炫目的光束，她一直在世间游荡，她知道家对于人类来说很重要，但是她不明白人对于其中的感情，在她的心里，铺满芳草的空地、墙沿、枝繁叶茂的树梢，还有就是下雨时分遮雨的廊檐，哪里都可以是她的家。

但是有些时候看着城市里的万家灯火，森渔又会觉得，哪里都不是她的家。

她知道这件事也许会给瞿理带来一些麻烦，森渔去找了钟暮思，她告诉自己，只是因为他是为了来帮自己才会陷入麻烦，自己不过是不想欠他人情，礼尚往来而已。

“是他自作自受。”森渔把前因后果都跟钟暮思说了一遍，在森渔的眼里，这件事由始至终都是尹开复咎由自取，她并不觉得自己有什么做错了。

“但是学校不会管这些啊，你看啊，假设尹开复伤势不重，学校也会给瞿理一个处分，如果他有什么好歹的话，就不只是学校追究瞿理的责任了，警察也会涉入调查，”钟暮思像是想到什么，“我听说瞿理还是孤儿，那就更没有人会为他说什么了，说起来还真是可怜。”他觉得森渔这种冲动的性格不收敛一点是根本没有办法在人类的世界以人类的形式生活下去。

“那怎么办？”森渔有些着急，在她的世界里对就是对错就是错，以前也遇见过因为领域问题来挑衅的猫，打一架就好了。

人类真是太烦了，这么多规矩，这么想着，森渔也不再多说，掉头就要走。

“你去哪儿？”钟暮思跟在她身后问道。

“他是我打的。”森渔面色不改向前走着。

钟暮思闻言立马慌了，伸手挡住：“你疯了！你怎么解释为什么要打他，你下手这么重怎么解释？你说漏嘴了怎么办？你想过后果吗？你说出来人家会相信吗？”

钟暮思一连串的问话让森渔心里有些烦躁，这些问题她从来都不去考虑，要不是因为钟楚江，自己也不会陷入这一连串的麻烦里。

“让开。”森渔的神色有些冷，脚步不停地追寻着空气中瞿理的味道而去。

“你听我说！我有办法，我有！”钟暮思看着她越来越不好的脸色连忙喊道。钟暮思记得森渔所说的那个地方其实是一个视线盲点，应该是不会被人看到的，于是他仔细地交代森渔可以应对的方法。

第三章
SHOU
SHANG

受 伤

1.

就在董荐无奈地挥手让瞿理先出去的时候，敲门声透过办公室的门板传递进来。

“咚咚咚——”

办公室里的两人一同看过去，门口站着一个短发的女孩，是森渔。

她在董荐还没有反应过来的时候大步走了进来，眉眼之间一扫初见时的轻慢态度，坚定的表情让董荐也不由得郑重起来。

“我看到了事件的经过。”

她的声音响起来的时候，瞿理有些恍神，这个声音很熟悉。是在哪里听过呢？瞿理想不起来，现在也不是想这些的时候。

森渔的话，像是逢年过节的时候伴随着“咻”的声音直冲穹宇的焰火，在它没有完全绽开之前，你完全不知这背后是哪一番风景。“砰”的一声响之后，就是瞬息万变。

瞿理的心在这一瞬被紧紧慑住，眼前这个女孩神色甚笃，心里有一个声音不断在说：“眼前这个女孩看到了黑猫的怪异之处，而现在正决定公之于众，”但是，又有另一个声音侥幸地劝慰：“或者她只是远远地看到了，并没有看清楚，只是看到了一个大概的场景呢？”

但是，瞿理知道自己赌不起，如果九尾猫这件事曝光，九尾猫以后都将生活在水深火热之中。

办公室里，森渔冷冷的声音在空气中平淡地起伏。

“是那个人跟在他背后要偷袭他，在瞿理闪躲时，那人用力过猛自己跌下去了。”森渔不理会一脸凝滞看着自己的瞿理。

“那你有没有看到为什么尹开复要袭击瞿理？还是说其实你是想包庇谁所以避重就轻？”董荐言语中透着怀疑。

“你觉得是我在编故事？我为什么要骗你？我和他们都不熟。”森渔说得很有底气，因为事实就是这样，她是昨天刚转入的插班生，于情于理她说得都没错。

“是那人偷袭在先，这样的事不是罪有应得吗？”

董荐仔细地问了事情的经过，除去森渔自己的部分前后也算是衔接得上。

瞿理在一边听着，却越听越不可思议，因为除了九尾猫的部分，她说的几乎就是事情的真相。

直到两人离开办公室，瞿理看着森渔的背影始终一言不发。

钟暮思一直在办公室外等待着森渔，出来的两个人身上带着诡异的气氛，让他有些不确定地问："怎么样？"

森渔冷冷地瞥了他一眼，低头"嗯"了一声，钟暮思却毫不在意地笑了笑，黏黏糊糊地跟在森渔身侧道："事情也解决了，你别忘了答应我的，以后不要再莫名其妙地跑了。"

"啰唆。"

"起码要跟我说一声吧！你要是有什么意外，爷爷会把我的皮给扒了的……"钟暮思看着身后的瞿理，谨慎地靠近森渔，小声说道。

瞿理跟在他们身后，偶尔抬起头看着森渔的背影，那道视线让森渔有种芒刺在背的感觉。

"你回去吧，答应你的事我会做到的。"

钟暮思有些不确定，扫了一眼身后的瞿理，他说不好心中对瞿理的那种感觉，明明是一个没什么交集的人，但是他的内心在看到瞿理的时候总是涌起一股莫名的难受和酸涩。

森渔冲钟暮思点点头，钟暮思离开后，森渔走到瞿理的面前，那双眼睛紧紧地凝视他。

“你到底是谁？你怎么会知道得这么清楚？你认识那只黑猫？”瞿理有些不确定，但是也不敢直接问她是不是认识那只九尾猫，只好试探性地问。

森渔觉得这个人很烦，但是听到他的最后一句话时，一直膨胀着的脾气就像是被浇灭的火把没有了汹涌的火焰，白色的蒸汽伴随着“嘶”的一声冉冉升起，犹豫半晌，咬了咬唇，下定决心般直视着瞿理，望进他眼睛里那片黑色海洋慢慢地道：“那只黑猫是我养的。”

瞿理听到她的心里在说，不要再问了。

月色掩映，华灯初上，万物都像是褪去了白日的喧嚣，温柔地伫立在星光闪烁的夜色里，偶尔有虫鸣，但不是所有人都在享受这些安静美好。

随着关门声的响起又回归一室宁静，钟暮思蹑手蹑脚地就要向楼上跑去，森渔又没有跟他一起回来，被爷爷抓到肯定少不了一顿骂。

“还知道回来？”钟楚江的声音从客厅的沙发上传来，钟暮思顿时僵在原地，抬起的脚不知所措地停在半空。

钟暮思顺着屏风看过去，爷爷就坐在正对面的沙发上看报纸，怕是特地在这里逮自己的。钟暮思换上讨好的笑容，嘻嘻哈哈地笑：“爷爷，你回来了啊。”

“森渔呢？”

“她应该在楼上吧！”钟暮思挤眉弄眼，突然又似恍然大悟，“我去叫她下来。”

钟楚江看着自己的孙子向楼上急急忙忙地跑去，揉了揉干涩的眼睛放下报纸也向楼上走去。

钟暮思正在森渔门外踱着步思索着怎么能够蒙混过去，就看见钟楚江已经上来了，连忙转身想要回房躲避。

“暮思。”钟暮思被叫住，转过身却看见钟楚江只是背对着自己，那记忆里严厉的老人已经显出老态，身躯显得无比的疲惫，“森渔是我们潍城唯一一只真正意义上的九尾猫了。”

夜晚的医院因为路灯稀少而使得住院部楼下的小花园中有些阴森，那些在夜晚披上墨绿色的树冠还有灌木丛中的虫鸣声不时响起，一道黑色的影子从灌木丛的阴影间穿过，带起一树簌簌声又归于安静。

病房里没有开灯，从没有关好的门缝里透进来的一丝灯光落在病床上，死气沉沉的白色让这昏暗的环境黑得没有那么彻底。

尹开复躺在病床上，脑袋上已经满是汗渍，他咬着牙，手指抠着白色的床沿，在平整的被单上抓出一道深深的痕迹，手术的麻药劲已经过了，他人也逐渐清醒，打着石膏的左腿生出一阵阵锥骨的疼，像有一群食肉的小虫子钻进了他的左腿，从内到外一点点地啃食他的血肉，又像是压了千斤的重物砸在他的腿骨上，那种细腻又迟钝的痛感顺着他的神经爬进了他的大脑涌向了全身。

他因缺水而干裂的嘴唇上已经有了干枯的血迹，刚做完手术的脸上满是苍白和狰狞，从牙缝里挤出来的气流都在重复着一个名字："瞿理……瞿理……瞿理……"

如果不是瞿理，自己根本就不会这么虚弱地躺在这里，还有他那只该死的猫："等我的腿好了……"

他的话没说完就被突然推开的玻璃窗打断，凉凉的夜风灌进病房，穿着单薄病号服的尹开复情不自禁地打了个冷战。

尹开复所在的病房是在二楼，窗外就是一棵差不多高的樟树。

尹开复支起胳膊撑住身体，喊了一声："谁在那儿？"话一出口他自己都有些愣怔，那个声音干涩得就像年久失修的木门打开发出的粗哑哀鸣。

愤怒在一瞬间充斥着他的全身，都是因为瞿理自己才会变成这个样子。

"呵呵。"从窗口传来一阵低笑声，树冠深处的黑暗里有两点幽绿的光灼灼缓缓地向这边过来。

"谁在那儿？"尹开复抖声又重复了一遍，还是没有人回答，只有那两点绿光越来越近。

他惊慌地转头抬手按墙上的呼叫器按钮，但是因为躺卧的姿势手指距离呼叫器还有一段距离，他急得额角都是一层冷汗，转头去看，窗外那抹暗光却消失不见了。

他不敢置信地转过身仔细打量窗外，黑暗里跳出来一个黑影向病房的窗户冲过来，一眨眼，一个男人蹲在病房的窗柩上，抬起头就看见男人的嘴角轻轻地勾起一抹诡异的笑容。

尹开复手部脱力，惊恐地倒在床上，扯着嗓子就要喊，男人动作比他更快，伸出一只细长的手指在虚空中轻轻一划，然后落在了他的嘴唇前，做了一个噤声的动作，尹开复惊慌地发现自己竟然发不出任何声音。

那个男人却得意地笑着，随意地从窗柩上跳进病房内，死寂在房间里蔓延，他就像猫一般矫健地靠近却没有任何声响。

到了病床前，他俯身贴近尹开复，尹开复颤抖着向后缩却抵不过那张越来越近的苍白面孔，男人的长发随意披散着，遮盖着若隐若现的狰狞疤痕，长发随着他倾身的动作滑落，打在尹开复的脸上，伴随着一股难闻的味道，还有刺骨的冰凉。

男人像是在欣赏他的惊惧一般凝视了他许久，最后视线停在了他的左腿上，闭上眼睛深深地呼吸像是在辨认什么味道。

不消多久，他睁开眼，浅黄色的眼睛里竖瞳一闪而逝，他满意地挑起一边嘴角："找到你了，小猫。"

2.

漆黑的巷子在昏黄的路灯照射下好像也染上了阳光的温度，瞿理提着便利袋快步走在巷子里。路过便利店的时候，心不受控制地想进去买点什么。

在瞿理的心中，其实还有许多未解的疑团，比如说那只黑色的九尾猫为什么每天都在外游荡，比如说小黑猫到底是不是那个叫森渔的女孩养的，比如说森渔是怎么知道那些她不在场的事情的……

下午森渔在自己近乎质问的情况下，他听到她的心声希望自己不要再问了。

他知道，每个人都有不能够宣之于口的秘密。

他懂，所以不再强求。

但是最近发生的事情，一切都来得那么突然，不得不让他多想。

似乎从入春后遇见九尾猫起，自己的生活就不再是一潭死水，他说不上来是好是坏，但是他隐隐有预感，这一切的发生都不会是毫无理由的，他知道自己再继续纠缠下去只会与这些奇怪的事情有所牵连，但是他的灵魂深处却渴望着这种靠近，还有记忆中那个不知道出现了几次的黑影，这一切到底有什么牵连？

瞿理回到家，依旧是一片漆黑，自从一个人出来念书到现在，瞿理早就已经习惯，但是当他一个人的时候也会觉得无比地失落。

按下墙上的日光灯开关，房间霎时亮如白昼，他快速地扫了一眼房间里，小黑猫果然已经不在了。

这时候他突然明白为什么现在那么多的人爱养一些小宠物，一个人的时候，家里都变得像是空旷得无人造访的寂寥草原。

森渔蹲坐在窗外，透过玻璃窗，看着呆呆站在屋子中央的瞿理，将身子挪进更深的黑暗里。那个神情，那种突如其来的落寞，她在很多人的脸上都见过，很多猫见到那样的神情会心软，试探性地靠上去之后，就再也没有办法离开。

而现在，森渔觉得自己就跟那些猫一样。

但是，九尾猫不行，森渔觉得长久以来，九尾猫就像是天生的旅人，永远不会在一个地方停留，而她所认为的修炼应该是在心里滋养了一座冰块雕筑的城堡，现在她已经听到了冰雪消融的声音，不知道这样的改变是好是坏。

但是对于一些不熟悉的事物，森渔总是很难接受。

她淡淡转过身，看了一眼屋内的瞿理，决定还是好好修炼尾巴，说不定一转眼就忘记了这个人。

她纵身一跃，伸直尾巴轻轻地落在了墙角。

屋内的瞿理感觉窗边好像闪过一个黑影，连忙跑过去将窗户打开，探头向四周张望，只有蟋蟀的声音不知道从什么地方传来，瞿理想着大概是看错了吧，也关上了窗。

桌上的塑料袋被随意地抛在桌上，里面装的东西散落出来，是各种各样的小鱼干。

森渔回到钟宅的时候，夜已经很深，她绕到钟宅后面，想要借由后院的那棵树爬上二楼。

当她轻盈落在阳台上从半开的落地窗挤进房内的时候，森渔敏锐地感觉到房间里有人，坐在角落那张单人沙发上的钟楚江已陷入了沉睡，她环视一眼屋内的陈设，才发现原来是她找错了房间。

她借着良好的视力打量着四周，这是一间卧房，房间里干净整洁到没有人气，都昭显着这间房间虽然每天都有人打扫，依旧掩饰不了已经许久无人居住的事实。

“啪”的一声，有什么东西掉在地上，惊得森渔向后一跳，钟楚江也是浑身一颤悠悠将要转醒。

森渔换成人形，走过去将掉落在地的东西捡起来，是一张全家福。

照片上站在钟楚江身后的那个男人，跟她之前在书房看到的那张照片上的男人一样。

“这是我的儿子，还有儿媳，那两个小的是我的孙子。”钟楚江的声音中带着一丝沙哑，脸上写满了温情，还有一闪而逝的悲伤。

森渔原本还在奇怪为什么都没有见过他们，看钟楚江的表情便多少有了答案，心中有些不忍，一个年逾半百的人，失去了这么多的亲人。

“他们看起来都是很好的人。”森渔想安慰钟楚江，但是又不知道该怎么去安慰人，许久才憋出这一句，末了她窘迫地低头佯装看着相框，在看见那个年纪较大的男孩时恍然一愣，为什么她觉得这双眼睛那么熟悉。

钟楚江有些惊讶，明白森渔是在安慰自己，心中也有欣慰，这只九尾猫难得有懂事的时候，他想起很久以前自己的儿子钟乐之对他说过的一段话：“爸爸，九尾猫都是很温柔的，他们都是生活在这个世界上学着长大的孩子，我想我明白了驭猫人存在的意义。爸爸，我会像你爱护我一样去引导这些长不大的孩子。”

“的确是很好的人啊。”钟楚江的眼睛有些濡湿，感叹道。

钟楚江不停地忆起儿子儿媳还在的画面，眼里浮现起一丝怀念，但是下午和宋致在那间旧仓库里发现的那只九尾猫的场景就像是一颗惊雷骤然在钟楚江的脑海里炸裂开来，将他的回忆搅碎。

森渔看着眼前的老人突然暗下来的神色，不知道是什么事情让他的情绪变化如此剧烈。

钟楚江斟酌着开口：“森渔，你是一只生活在人类世界的九尾猫，不论如何你都要记得隐匿自己、保护自己，没有哪一只猫会像你一样那么傲慢，你可以骄傲，但是你不能自负，人类不像你想象中的那样都是废物。”

森渔有些不服气，我生来就是九尾猫，为什么要像那些傻猫一样生活，我所有的骄傲都是建立在自己的能力上，都是理所当然，理当骄傲。

钟楚江将森渔的反应尽收眼底，他知道要让这只九尾猫将这些话放在心里除非让她亲眼所见，但是他也拿不定主意是否该让她知道下午和宋致发现的事情。

那个昏暗的旧仓库的四周，一群乌鸦不停地围绕盘旋久久不散，发出沙哑的“嘎嘎”声，伴随着仓库里的浓重的血腥味，一只黄白相间的九尾猫睁着充血的双眼毫无生机地躺在凌乱肮脏的地面，血迹已经在地板上凝固成暗红色，这只九尾猫的腹部被血液浸染，虬扎着的猫毛下是一条四寸左右长的刀痕……

同行的宋致认出那是不久前在淞源失踪的九尾猫，这只九尾猫的愿灵已经完全枯竭，这十分可疑的一点引起了两人的注意，结合潍城此前发生的九尾猫失踪一事，这一切发生得太过凑巧，让人不禁联想在一起。钟楚江在心中盘算，难道，九尾猫的失踪也和这起虐杀九尾猫的事情有关？

如果这背后真的有人在操控着这一切，那么这个藏在黑暗迷雾里的人究竟是谁？他与九尾猫有什么过节？还有，他究竟强大到了什么地步，竟可以把一只成年九尾猫的灵力消耗干净？

这些问题每一个都使得钟楚江和宋致惊心不已。

钟楚江看着固执的森渔，有些头疼："即使你不喜欢这种被束缚的生活，我也还是要告诉你，如果你发现什么奇怪的东西，不论是人还是猫，一定要告诉我。"

钟楚江的眼中满是睿智，像是能把森渔的内心看透，他明白森渔对于人类的不屑还有对于自己力量的自信或者说是自负，这些都有可能使她掉以轻心。

他不等森渔说话，接着道："我知道这很难以启齿，但是森渔，我不得不向你坦诚一点——潍城已经不安全了。"

他的表情严肃至极，语气也无比沉重，那双一向睿智的眼睛因为疲惫泛起了红血丝。

森渔看他这个样子亦是有些愣怔，她听到他说："森渔，九尾猫不是完美无缺的，九尾猫也有弱点。"

时间像是重新装好发条的时钟开始有条不紊地向前，似乎事情慢慢地开始平息下来，森渔也逐渐适应了每天晚上修炼尾巴，白天在教室里睡觉的日子。

这样安稳的日子甚至让森渔生出一种错觉，她觉得那天晚上钟楚江所说的"潍城已经不再安全"那句话是一场梦里的无趣梦呓一般。

但是森渔知道自己不能这么想，钟楚江留在钟家的时间越来越少，对她的事情也越来越紧张，钟楚江的状态让她不得不怀疑是不是发生了什么。

在此期间，她曾试探过钟暮思，但钟暮思也一无所知，钟楚江对此讳莫如深。

森渔还记得一件事，那天晚上在离开那间房间的时候，之前笼罩在天空中的云雾散开，清亮的月光洒落下来，她瞥见斜后方一扇玫瑰花窗，那扇花窗瞬间就让她想起很久以前她留宿过的教堂。

而后，森渔意识到这与瞿理家的那一扇琉璃花窗毫无二致。

其实要说森渔最近遇到的奇怪的人，瞿理首当其冲，但是森渔下意识地在面对钟楚江的时候遗忘了这些。

就像钟楚江不愿意对森渔提起那只九尾猫的惨案一样，他们有着自己的理由对旁人三缄其口。

森渔离开钟家后，心中依旧隐隐觉得不对劲，她对钟家照片上的那个小男孩有一种莫名的熟悉感，这究竟是为什么？总觉得好像在哪里见过那双眼睛。

瞿理到教室的时候，看着身边的座位上还是空无一人，他犹豫地将包里的塑料袋拿出来，那是那天特地为小黑猫准备的，但是小黑猫却很少出现在丑巷。

塑料袋上有一些油渍，瞿理发现其中一袋包装破了，里头的汤汁全洒在了包装袋上，瞿理蹙眉手忙脚乱地收拾好后，手上也是惨不忍睹。

瞿理轻轻甩着手上的水迹从卫生间出来，回到教室就看到森渔和钟暮思。

"老大啊，你就是我的老大，你就算上课睡觉你也隐蔽点啊！还有作业，你好歹抄一下……"钟暮思苦着一张脸跟在森渔身边压低声音哀求。

"啧——"森渔有些不耐烦地甩给他一个白眼，这人都碎碎念了一路，她都快被他给烦死了。

"算我求你了，董老师已经找我好几回了，我神经都要衰弱了！"钟暮思像是没有察觉到森渔的烦躁，继续跟着森渔嘟嘟囔囔。

"那你去跟你爷爷说。"森渔终于忍不住吼道，钟暮思顿时噤声，森渔满意地继续向前走。

"你真是个猫祖宗啊！你这是让我死啊！"他的这句哀号声略有拔高，瞿理听得一清二楚。

"你闭嘴！"森渔转过身喝道，目光中隐有凶光，钟暮思此刻已经意识到自己的大意，钟楚江特别吩咐过，他一定不能暴露了森渔九尾猫的身份，平时跟森渔抱怨多了一时口快说了出来，看着森渔警惕地看着四周，他也暗骂着自己。

森渔目光瞥向他的身后，看见瞿理站在那里，目光灼灼地看着她。

“怎么办？”钟暮思也看到了瞿理，比着口型问森渔。

怎么办？还能怎么办，森渔有些烦躁，这些人类真的是太烦人了……

森渔摆脱了钟暮思，当作没有看到瞿理，目不斜视地向教室走去，那感觉就好像是出入无人之境。

等到瞿理收拾心情回到座位的时候，森渔已经趴在桌上开始装睡。

她还是有些怕瞿理会追问她，却发现瞿理只是一如往常地拿出书本的时候，森渔松了一口气。

窗外有风吹进来，撩动森渔的短发，抚过她的鼻尖，森渔闻到被阳光炙烤后的蓬松味道，非常舒服，还有一点炸鱼的腥香。

味道好像就是从身边传来的。

森渔倏地抬起头，将脸凑近瞿理，鼻子努力地嗅着。

这个动作很突然，成功地惊扰了瞿理，他惊慌地向窗台退去，但是这依旧不能阻止森渔不断地靠近他，他窘得耳尖都通红，手也不知道往哪里放。

眼见森渔越靠越近瞿理一着急，用右手抵住森渔的额头，阻止她继续靠近。

森渔不悦地瞥他一眼，像是在控诉他的无礼，瞿理压低声音窘迫道：“你要干吗？！”

“你有小鱼干？”两人靠得很近，森渔的眼睛亮晶晶地看着他。瞿理的脸不知不觉地红了起来，心脏也跟着失衡。

瞿理将森渔微微推开，伸手在抽屉里摸索，手中拿着几包小鱼干。

“这个是给你带……”瞿理说到一半顿住，看见森渔眼巴巴地盯着自己，这双眼睛跟小黑猫实在是太像了。

刚才钟暮思的那句猫大爷莫名地让他在意，还有就是自从那件事情以后，他就很久没有看见小黑猫了，如果说森渔自称是它的主人，那为什么他初遇小黑猫的那段时间它完全就是一只流浪猫的样子，这些疑惑在他的心里揪成了一团，他想要搞清楚到底是怎么回事。

瞿理看着面前的森渔，将手中的小鱼干递给她，就看到森渔弯弯的嘴角还有笑眯着眼睛，她利落地将包装撕开。

“我好久没有见到小黑猫了，它是在你那儿吗？”瞿理似漫不经心地提起。

森渔动作一顿，含混不清地“唔”了一声，吃鱼的动作也渐渐放缓。

“我挺想它的，你什么时候带它过来给我看看啊？”瞿理眼睛一眨不眨地注视着森渔，唯恐漏掉一个细节。

森渔将手中的小鱼干放下：“它不在了，我把它送走了。”

“这样啊……”瞿理眉峰高高挑起，语调拖得很长，带着怀疑的味道。

森渔一直低着头，心中有些懊恼，想着瞿理突然提起小黑猫，应该是早上钟暮思那个蠢货说漏嘴的原因。

她有些惴惴不安，眼睛也不受控制地向瞿理瞟去，暗自在心里盘算瞿理如果坚持要自己带小黑猫过来，她应该怎么拒绝。

“那算了。”

森渔有些不可思议地抬头，没想到瞿理这么快就放弃了。

她略偏头向瞿理望去，瞿理注意到她的动作，勾了勾嘴角对她笑了，但是那双眼睛没有平日的神采。

森渔心里骤然有些酸涩，瞿理是她来潍城遇见的第一个有缘人，虽然他没有许愿，虽然第一次见面的时候很不愉快，但是瞿理真的是一个很温柔的人，他身上的味道也让森渔忍不住想靠近，他手心很温暖，每次摸她的头的时候她都舒服得想要眯起眼睛……

正在森渔胡思乱想的时候，教室门口响起一个陌生的声音：“瞿理，瞿理在吗？”

瞿理一抬头就看见门口站着一个女生，疑惑地站起身走过去。

“我就是瞿理。”

“你们班的班主任让我过来叫你一下，让你去一趟教务处，好像是尹开复的事情。”夏茉见他过来，说完转身就走。

尹开复的事不是已经解决了吗？瞿理一头雾水地朝着教务处的方向走去。

教室里，原本情绪低落万分的森渔猛地抬起头望向教室门口，闭上眼睛深呼吸，用鼻子仔细地辨认着——有九尾猫的味道。

3.

瞿理跟着夏茉走到实验楼时，不知道为什么，瞿理总觉得好像有什么不对劲，这个来教室传话的女孩貌似不简单。

瞿理还感受到，虽然她竭力装作是不认识他的样子，可在教室门口的时候眼神却直勾勾地朝着他的方向而来。

不像是不认识他的样子，还有她身上有和森渔一样的感觉，说不上来是什么感觉，却让瞿理尤为在意。

“同学，等一下。”瞿理说着快步走向前拦住夏茉，在她转身之时眼睛直直地望进夏茉的棕红色瞳仁。

那是一双没有丝毫神采的眼睛，瞿理没有听到预料之中的心声，反而一刹那间像是坠入了无边黑暗，空气中弥漫着黑色细小颗粒，莽莽漠漠。

瞿理意识到不对劲，用力闭上双眼，抽回自己的思绪，却感觉被抓住了胳膊。突如其来的失重让他立马睁开眼睛，就看到自己已经置身在实验楼后的僻静小公园。

瞿理看了看四周变换的场景，这绝对不是正常人的速度，连忙挥开牵制在手臂上的手，向后倒退。

“你到底是谁？”

瞿理惊疑地看到，那个女生的双眼中瞳仁一闪变成竖瞳，霎时又消散。

“感觉很敏锐嘛。”

瞿理身后传来一个熟悉的声音。

尹开复倚墙而站，手中来回玩着一把银色的匕首，刀身绘着繁复的黑色图案，在带着锯齿状刀锋的刀刃上就像是野兽獠牙，刀柄上蝙蝠翅膀一般的纹路下嵌着一颗红宝石，流动的光像是有黏稠的血液在其中流淌。

“你怎么会……”瞿理眯着眼惊讶地看着尹开复，他的腿像是没有受伤一样，董荐不是说他是粉碎性骨折，这么短的时间怎么可能痊愈？

“怎么会什么啊？嗯？让我来猜一猜。你是想说怎么会是我？或者说我怎么会在这儿？还是我的腿怎么没有断？”尹开复不待他说完，抢过他的话，脸上满是体贴和捉弄的微笑，“真是让你失望了，我的腿，它确实断了，骨头都碎了，我躺在床上就像个废人一样，生不如死！你知道我躺在病床上脑子里都在想些什么吗？”

瞿理看着尹开复靠近自己，脸上怪异的笑容像是在催促自己接着他的话继续说下去，但是瞿理并没有如他的意，始终咬牙没有开口。

尹开复有些惋惜地继续说：“我觉得下一秒就有可能会被疼死，那种从骨头缝里冒出来的疼，我这辈子都忘不了。说起来，瞿理，那时候我脑袋里每一分每一秒都是念着你的名字过的。”

说着，尹开复怨毒的视线像一条蛇吐出的冰冷蛇信黏在瞿理的身上，瞿理甚至觉得他下一秒就会冲过来，用他手上那把冰冷的匕首插进自己的身体里，但他只是淡淡地将视线移开。

“但是它现在已经没事了，甚至比之前更加健壮有力。”尹开复的脸上是止不住的得意，“你知道是怎么回事吗？”

瞿理向后退了退，他觉得尹开复已经疯了，尹开复现在的状态完全就不像是一个正常人会有的样子。

他看着尹开复眼睛里疯狂的光芒，思索着能不能趁尹开复发疯的时候逃出去，却被身后那个女孩识破挡住了退路。

尹开复完全不管瞿理在想什么，他觉得现在的状态前所未有的好，他觉得心里像是有什么在膨胀，隐约间好像还有一个声音在说：“你现在跟他们不一样，你现在比他们强大，他们都是卑微如蝼蚁，你只要轻轻一动手就可以捏死他们，你想这么做吗？去吧，去做吧，做你想做的事。”

尹开复被驱使着渐渐靠近瞿理，欣赏着他脸上的惊疑不定，得意地笑了起来。

“瞿理，你知道九尾猫吗？”

在潍城的中心有一座歌德式建筑风格的中央塔楼，那是潍城最具标志性的建筑。

在能够眺望到学校的那个方向有一个尖肋拱顶的廊檐，那窄小的台阶上坐着一个一身黑衣的男人，他支起一条腿靠在墙上，长发随意地披散在身侧，深灰色的眸子却牢牢地注视着学校的方向。

“为什么要把那把匕首给他？”

段苛有些不悦，从另一边走过来看着男人的背影，他觉得有些事已经脱离了他的掌控。

“呵呵，我听说那把叫作萨拉维尔的匕首有一些很神奇的效果，我想试一试，看看传说是不是真的。”男人不在意地搭着腔。

那把被称作萨拉维尔的匕首是许久以前的一个有缘人留下的，据说是十七世纪的血腥伯爵流传下来的，曾经被用来割开了上千名妙龄少女的喉咙，许多靠近这把匕首的人都说，只有一接近它，就能够感受到它那冰冷的气息，像是这把匕首呼吸间吐露出来的怨毒一般。

总而言之，萨拉维尔是一把渲染着死亡和厄运的暗黑之刃。

而男人所说的神奇效果也是一个传说，传说中这把匕首无时无刻都在向拥有它的主人传递着嫉妒、贪婪、狂妄、暴虐的负面思想，拥有它的人不是变得如痴如狂就是神志不清。

段苛自然知道这把刀背后的传说，这把刀在他手里也把玩过一段时间，在那期间，他的各种欲望前所未有的膨胀，而每次抚摸着这把匕首，都像是有人在他的耳边催促他去执行心底的渴望。

他那段时间很喜欢这把匕首，但是现在，他在意的不是这把刀，而是眼前这个男人的一意孤行。

“苏蓿，我们现在是合作伙伴，你知道钟家人现在就像疯了一样一直在追查九尾猫失踪的事，你就不能收敛一点！非要抓了潍城所有的猫？上回在淞源给你抓的猫不行吗？”段苛看着他漫不经心的态度明显有些动怒。

那个被叫作苏蓿的男人眉头明显地向中间靠拢，却并不言语。

“这件事先放一边，罗先生那桩交易出了点问题，你去处理一下。”段苛深呼吸，尽量放缓语气，想着现在不是撕破脸的时候，说完就向楼下走去。

苏蓿看着钟楼下那辆银灰色的轿车绝尘而去，深灰色的眸子里闪过一丝狠厉：“钟家。”

他嗤笑一声，咧起的嘴角漏出的那颗牙齿骤然变得尖锐起来，他突然觉得无趣，从口袋里拿出一片骨牌，上面有两个奇异的孔，放在嘴边轻轻吹了一下，空气流动带起一阵奇怪的声响向远方飘荡而去。

“这还只是前奏，这把匕首我可是做过一点小改变的哦，小猫，接下来拭目以待吧，呵呵！”苏蓿对着远方轻声呢喃。

话音刚落，他的身影便消失不见，门廊下一只灰猫从塔楼楼顶冲出来向下跃去。

4.

你体会过埋在心里最深处的秘密被别人挖掘出来的那种感受吗？心底布满了惊慌还有惶恐，一颗心脏不停地跳动着，如果是一些不太好的事情，也许还有扑面而来的羞耻感，像是被扒光衣服赶上了繁华闹市的街头。

在尹开复受伤之前，当瞿理说出他那隐秘的爱好后，他的心中有一瞬的惊慌，但是随之而来的是狂喜，终于可以光明正大地分享他的杰作了。

躺在病床上的时候，他愤恨地认为瞿理给了他这辈子最大的羞辱，直到后来那个男人找上门来，他开始庆幸，如果没有瞿理，自己怎么会知道这世上还有九尾猫这个神奇的存在，自己怎么能和他们达成交易？

尹开复心中爆发出一阵狂喜，自己可真要好好谢谢他啊！

“瞿理，你知道九尾猫吗？”当尹开复问出这句话的时候，他看到瞿理瞬间变化的眼神，他笑得喘不过气来，但是他相信接下来自己要说的话将会带给瞿理更大的“惊喜”。

“怎么？不敢置信？你看我的腿，”尹开复像个恶作剧的孩子，故意一顿，斜眼欣赏着瞿理浑身紧绷的样子，他故意放慢语调却像是一颗深埋在地底突然被引爆的惊雷，“是九尾猫治好的。”

是九尾猫治好的？瞿理久久回不过神来。

尹开复玩味地笑道：“说起来还要感谢你，要不是你，我怎么会有这样的机遇呢，你说，这算不算因祸得福呢，嗯？”

“九尾猫治好了你的腿，怎么不把你的变态一起治治？”瞿理讽刺道，他们所处的小花园僻静且树木掩映，夏茉仍然守在他的身后把他的退路给堵得死死的。

“你那只黑猫呢？听说她也是九尾猫，我想要亲自感谢她。”尹开复还记得那只猫无比高傲的样子，他很想用那位苏先生送的这把刀划开她的皮肤，然后看她惨叫的样子……

瞿理看着他眼睛里闪烁着奇异的光芒，知道他在想什么，心中恼怒：“你真变态。”

尹开复上前揪住他的衣领，用匕首牢牢地抵住他的下颚：“你说什么？有胆子再说一遍！”

匕首像是一块散发着阴森的寒冰，贴着瞿理的脖颈，竟激得他浑身一惊。

他们身后原本一言不发的夏茉突然抬起头，棕红的眸子中有一丝波动，她出声道："小心。"

在两人还没有反应过来之际，莹白色的光束携带着破空而来的风声向尹开复直直射去。

森渔在教室闻到九尾猫的气味后，有些奇怪，那只九尾猫的味道里透着一股子很难闻的气味，她想起钟楚江说过的"潍城已经不安全"的言论，心中顿时有种不好的预感。

这种预感在瞿理许久未归后达到了顶点，她当即循着瞿理的味道找了过去。

森渔一晃眼就挡在了瞿理的身前。

"你找那只黑猫有什么事吗？"森渔本来想说你找我有什么事，但是想到身后的瞿理，她理智地住口了。

森渔的声音没有了平常的冷淡，其中的玩味还有狠厉也让瞿理一惊。

"你不要轻举妄动，你就是个七尾，根本打不过我。"森渔傲慢的语气带着不屑。那不屑像是把实质的利刃击中了夏茉，瞿理看到身后那个女孩已经将手抬了起来，紧盯着森渔的眼睛里有血红色的雾在流淌。

就在几人僵持间，空气中突然传来一阵极规律的声波，只有夏茉和森渔能听见，森渔瞥眼就见夏茉的眼睛逐渐恢复正常，手也放了下来，对着尹开复淡淡一句："主人让我们回去。"

夏茉一边说，身上的攻击气势也急速退去。森渔见状，拉着瞿理离开了这个是非之地。

尹开复咬牙切齿地看着他们离去的背影，很不甘心！

身边的夏茉并没有帮他的意思，尹开复心中一狠，提起手中的银色匕首就向前方的两人刺去，可还没有接近，瞿理身边的女孩便伸出右手挡住了他，手掌中央向外发射出白色的光雾，尹开复惊觉自己的身体根本无法往前移动半分。

"我忘了，你最喜欢在背后偷袭别人的。"森渔恶劣的声音在尹开复耳边响起，有点不怀好意。尹开复震惊地看到森渔眼中的异状，没有人注意到尹开复抓在手中的匕首正向外渗出灰色线条，流向森渔手中的白色光雾中，慢慢地融进她的掌心。

"这一次是换成右腿，还是手臂呢？"她靠近他的耳畔用极低的嗓音道。

"你……"尹开复手上用力，感受到手中的匕首刺向森渔，他大喜，连忙蓄力。

森渔眉间一皱，感觉手中有一股不属于她的力量在涌动，那把匕首已经划向了她的手掌，她大吃一惊连忙抽回手。

“咔嚓”一声响起，尹开复被一股力量反弹，向后跌去。

匕首“哐”的一声砸在地上，不停地颤抖，折射出晃眼的亮白色冷光。

“有人来了。”夏茉说完，一把拎起跌在地上的尹开复，抓住那把匕首跳上围墙快速离开。

森渔此时却完全愣在了原地，手心传来一丝尖锐的刺痛，她抬起左手，手掌中央横亘着一条暗红色的刀痕，汩汩的鲜血从那道伤痕中涌出。

“怎么会……”她无比震惊地喃喃自语。

森渔确定尹开复只是一个普通的人类，但是一个普通的人类竟然可以用匕首刨开她的愿灵，还伤了她！

“森渔？”身后的瞿理试探性地叫了一声，伸手探向她的肩膀。

森渔像是被惊醒一般转身，眼神还有些迷茫地看着瞿理，瞿理在看见她眼瞳的那一瞬间愣了神，他清清楚楚地看见一道竖瞳在她的眼睛中央一闪而逝。

“你……”瞿理非常诧异，不自觉地向后退去。

此刻森渔也回过神来，她放下手似无所觉："我怎么了？"

瞿理迟疑不定地张了张嘴，却发现自己什么也说不出口，他觉得那一团千丝万缕的疑惑中好像有什么初露端倪，顺着那一丝线索，他心中有一个猜测。

他的内心风起云涌，却看见森渔手背上蜿蜒弥漫开的暗红血迹。

"你的手？"

"哦，"她将手掌向身后藏了藏，"没事，很快就会好的。"

森渔说得没有错，九尾猫的愈合能力很快，是人类的几倍，更别说她手上这道连骨头都没有伤到的皮肉伤。

"去医务室吧。"瞿理想着刚才那道刺目的血迹有些担心，说着就要去拉她的手臂。

"我说了没事。"森渔轻巧避开。瞿理的手尴尬地悬在半空，神色也有些凝滞。

森渔见他脸上的神色莫名，心中顿时烦躁，皱着眉压下不耐烦，尽量平复语气，牢牢抓住手掌急急道："我先走了。"

她语气中有着说不出的仓皇，眼神也在闪躲，她手心的伤痕虽然不是什么大事，但是对于他们人类来说，这样的伤势已经是触目惊心。

瞿理看着她匆忙离开的背影，刚才发生的一切都远远超出了他的认知。

那个奇怪的女孩，还有尹开复说的那些话，以及森渔的那些奇怪举动，这一切的一切……都让他越加疑惑。

特别是森渔的那双眼睛，浅金色的眼睛被绿色的浓雾包裹，瞳仁赫然变成一道竖瞳，和刚才带着尹开复离开的那个女生的眼睛一样，像猫。

第四章

ZHEN
XIANG

真 相

1.

郊区的一处别墅地下室。

地下室的天花板上垂下一盏昏暗的灯，在慢悠悠地打着晃，明明是夏天，这里却格外阴森。

角落里有好几排笼子，每一个笼子里都是一只猫。这些猫大都目光呆滞地坐在冰冷的金属笼子里，还有几只疲惫地趴在地上，没有丝毫的精气神。

苏蓓坐在其中一个笼子上，将手探进旁边的笼子里，他的指尖带着一些紫色的光点，原本笼子里有气无力耷拉着脑袋的田园猫突然躁动起来，像是沙漠里的绿色植物向下延伸的庞大根系渴望水源一样，紧紧追逐着他不断变换位置的手指。

直到那只猫开始狂躁，苏蓿终于腻了这枯燥的游戏，收回手，玩味地看着战战兢兢地站在门口的夏茉，沉声问道：“怎么样了？”

夏茉拿出匕首恭敬地奉上：“她被这个人类割伤，但是这个人类好像也因此昏迷了。”

“唔……”苏蓿伸出手指将匕首刃上的血迹轻轻一抹，嘴唇在指尖轻轻一吻，咧着嘴角满意喃喃，“愿灵的味道……”

夏茉心中一凛，控制住抽搐的胃部。

苏蓿只是瞥了一眼便不再理会她，转身用脚踢了踢地上的尹开复。

这个人类，他承认对方是一颗好的棋子，但是他无法忽视在这个人类身上看见的那些虐猫影像，即使那些只是普通的猫，他依然无法容忍。

段苛低头撑着手坐在角落一张单人沙发上，懒懒地看了眼地上躺着的人，脸上写满了嫌恶。他原本是想用这个废物将那只黑猫带过来，没想到会被苏蓿打乱计划，现在这个废物也没有利用价值了，对于苏蓿的莽撞，他觉得头有些疼。

“罗鼎升那里如何了？”段苛叹了口气，即使他现在再不满苏蓿的莽撞，也不得不忍气吞声，他需要苏蓿来控制九尾猫。

“那只叫作森渔的猫，她的愿灵也只能为他维持一段时间的健康，那个老头子啊，他估计没几天命活了。”苏蓿说得漫不经心，脸上一直带着笑容，并没有察觉有任何不妥的地方。

即使这样，段苛还是有些愣怔，他的直觉告诉他，事情远没有那么简单。

“你不是说森渔和这些猫不同，用她的愿灵不会发生之前那样的事吗？那些都是我的大客户，不是可以随便玩弄的人，你知道对于一个商人来说信誉有多重要！”段苛明显动怒了，任谁也不会喜欢被愚弄的感觉，苏蓿的擅做主张让他反感，最主要的原因是最近发生的这几件事严重脱离了他的控制。

“哼，我想你是搞错什么了吧。”苏蓿冷哼，声音里满是讥诮，他看也不看段苛，只是一个劲地逗着笼子里的猫，他的手渐渐靠近那只折耳猫，折耳猫的身体开始泛起淡淡的紫色，渐渐汇聚成一团，从折耳猫的身体里飘向他。

“要知道，这世上有的事情，即使是九尾猫的愿望也达成不了的，你以为那个人对着九尾猫许愿就可以活下来了，你真拿人命当买卖了。”苏蓿说话的时间，愿灵已经飘浮在苏蓿的掌心上方。

而那只猫在那一团愿灵离开身体的那一瞬，像是被抽干了所有的力气，瘫倒在笼子里。段苛只是瞄了一眼，他根本不在乎这些猫的死活，他在乎的——段苛看着在苏蓿的手中闪烁着微弱光芒的愿灵。

他在乎的，只有这个。

苏蓿着迷地看着手中的愿灵，这些力量真是美啊！他从那些笼子上跳下来，走到墙角的柜子前，一挥手将柜子打开。

柜子里摆着许多的玻璃瓶，瓶子里装满了颜色各异的愿灵光团，苏蓿将手中的愿灵放进去，站在柜子前满意地欣赏着自己的杰作，那光芒将他所在的这一角照亮，他浅黄色的眼睛里映着这些光芒，像极了在晚上才会出没的磷火。

这些就是让人类趋之若鹜的愿望的源泉。

也是每一只九尾猫都无比渴望得到的东西。

但是，现在他最想要的，却不是这个。

“这里面的愿灵都是你的，这个世界上谁没有一点心愿呢？你有这些愿灵，害怕没有客人吗？”苏蓿的神情开始崩裂，“你想要的钱、权，用这些愿灵都可以得到，而我，只需要你帮忙抓住那只黑猫。

“抓住那只黑猫，这些都是你的……”

那声音里充满了蛊惑，段苛却像是已经看到了圆满的未来一般笑了起来。

地下室里空无一人，只有那些猫待在笼子里气息奄奄。

“吱嘎——”

伴随着开门声，苏苜走了进来，在笼子前停下了脚步，她蹲在一个笼子前，伸手摸了摸里头的猫，动作无比轻柔。

夏茉懒懒地抬起头睁开了眼睛，望向苏苜的猫瞳里像有悲伤，她舔了舔那只白净的手，那只手上渐渐汇聚起一团淡淡的红色光芒。夏茉知道这是自己的愿灵，苏苜从年初第一次出现在地下室开始，都会趁段苛和苏蓿不在的时候偷偷给地下室的猫愿灵。

夏茉觉得浑身都像被吸引一般，她想要向那团愿灵靠近，但是即使有了这愿灵也总有失去的一天，她有预感，只要在这里一天，自己永远都不可能是九尾猫。

她抬头看了苏苜一眼，最终低下头，不再去看苏苜手里的那团愿灵。

过了几秒，苏苜看夏茉拒绝的姿态也不再坚持，眼睛看着角落中那一柜子的愿灵目光中满是痛苦。

或许当初真的是自己做错了。苏苜这么想着，站起身离开了地下室。

时间一分一秒地过去，偶尔有路过的行人好奇地将目光投向院墙边的那团黑影。

森渔蹲坐在钟家的院墙外已经很久了，她未理会路人满是探究的视线，伸出舌头舔了舔隐隐作痛的伤口，继续望着眼前的院墙出神。

“滴滴——”

身后有汽车的喇叭声突然响起，惊得森渔原地炸起，弓着背警惕地睇视四周，看见不远处停着一辆明黄色的汽车，一个男人屈着左手懒洋洋地撑在车窗上，右手随意地按在方向盘上。

“嘿，小猫儿，你还记得我吗？之前我们见过的。”宋致好笑地看着墙角那只浑身奓毛的黑猫，居然觉得这只猫一脸严肃的样子特别搞笑。

森渔眯着眼看着他笑得很欠抽的样子，觉得爪子有些痒，她好想朝他不怀好意的脸上来一下，但是他身上有钟楚江的味道。

讨厌的驭猫人。

森渔瞥了眼那辆车，在心中暗骂，却又看到了宋致因为它的视线又再次笑开花的表情。

怎么会有这么愚蠢的驭猫人。

她在心里有些无语地瞥了他一眼，不打算再理会这个看起来有些不着调的驭猫人，转过身舔了舔还有些发疼的手掌。

坐在车里的宋致，脸上的表情也因为森渔这一连串的动作凝滞在了脸上，在心中不确定地暗忖，他刚才是不是被一只九尾猫鄙视了？

正这么想着，就被森渔的动作吸引了视线，那只九尾猫微蹲下身蓄力，然后跳上了墙头。

森渔从肉垫里伸出爪子，右掌抓住墙上的缝隙，两条后腿用力向墙上跃去，她知道自己这样的动作有些搞笑，但是因为她左掌的伤口影响了动作！

努力安慰自己的森渔，听见身后传来一声嗤笑。

森渔此时正攀上墙头，心中恼怒却又不想与他有太多交集，向着墙内跃去。

宋致饶有兴致地盯着森渔看了半晌，忽然笑了起来，想起刚才那只猫笨拙的动作，神色又是一暗，刚才那只猫，受伤了。

森渔站在阳台上，张开手掌，又抓住又张开，反复几次后确定了这次的伤和以往的有些不同，烦躁地甩了甩手，第一次有些无措。

这种感觉还真是让人讨厌呢！

被一个人类刺伤，这还是头一回，那个可恶的人类……

“森渔。”伴随着敲门声，钟楚江的声音在门外响起，打断了她的思绪。

森渔不喜欢这个时候有人来找她，她受伤的时候一般都喜欢找个隐蔽地方躲起来自己舔伤口。

她不想理会门口的钟楚江，有一瞬间甚至有些厌倦这样的生活，厌倦驭猫人，厌倦了周旋在人类的世界……

敲门声不知疲倦地响着，她叹了口气，眼中的绿芒渐渐消散，向紧闭的房间走去。

“找我什么事？”

钟楚江看着眼前这个紧抿着嘴唇的女孩，有些哑言。

森渔有些犹豫，她想要不要把最近发生的事情告诉钟楚江，但是每当这个念头升起的时候，她总是会下意识地想起别的，从而忘记这个念头。

她也怀疑过钟楚江，在钟楚江手下除了自己并没有其他的九尾猫，他却声称曾有九尾猫顺利修得九尾，还有一点让她尤为在意，就是钟楚江前不久说的潍城已经不安全的言论。

很多可疑的地方，都为她的不信任一点点地添砖添瓦。

两个人奇怪地沉默下来。

他知道，森渔虽然出于一些原因留在了钟家，但是其实从心底根本不信任钟家，双方不能这么僵持着，总有一方要妥协不是吗?

“你最近有没有碰见什么奇怪的事？”钟楚江首先打破僵局，问道。

森渔紧咬着嘴唇，想起找瞿理的那只猫，不情愿地开口：“有一只猫，她身上的味道很奇怪……”

钟楚江面无表情地听着森渔的叙述，陷入了沉思。

说完这一切，森渔反而镇定下来，可是她敏感地发现从身后的走廊尽头传来一阵让她讨厌的气息。

“你说的那把匕首是什么样子的？”钟楚江状似无意地提起，但是那灼灼的眼神却在透露着他的在意，说起匕首，很多年前潍城曾经出现过一把。

“大概这么长，”她伸开两手比了一个大致的长度，其实到底是什么样子的她也没记清楚，但还是通过回忆搜索出了一些片段，那是划过她手掌的匕首，“锯齿刃，刀身上有黑色的花纹，还有一颗红宝石。”

钟楚江听完森渔的叙述，脸上神情更为凝重，沉吟了一会儿，掏出手机走向阳台。

钟楚江并没有多问，这让森渔松了口气，她下意识地隐瞒关于瞿理的一些细节，她相信——瞿理不会那么做。

该说的也说完了，正当森渔打算离开时，身后传来一道让她讨厌的声音——

“那个叫瞿理的男生呢？”

森渔却像被按到开关般立马转过身，是刚才在围墙边撞见的人。

“他身上完全没有那些味道。”

宋致饶有兴趣地看着眼前女孩维护瞿理的样子，心下有些诧异，但是又瞥见她满脸防备，让他脑海里不自觉地浮现起刚才小黑猫爹毛的样子，笑意不自觉地从心底浮上来，但是宋致仍是好心提醒道：“但是他还是很可疑。”

他笑嘻嘻的模样落在森渔眼中，完全就是不怀好意。

“不需要你管！”

宋致被她突如其来的一句噎得没话说，意有所指：“我只是告诉你，这一切远没有那么简单，不要以为九尾猫就比人类强大，很多时候九尾猫远不如人类。”说完，他瞄了一眼她紧攥着的手。

森渔注意到他的视线，有些不自在地将手背在了身后，若是放在以前她一定会毫不留情地反驳，但是现在她却陷入了诡异的自省之中。

思索之际，她感觉到宋致突然靠近，手伸向她的身后，她惊得伸出右手抓住宋致，危险地眯眼看着他。

“我只是想看看你的伤。”宋致无奈地笑着抓住她的左手，手掌轻轻地盖在了那条狰狞的痕迹上。

森渔小心地盯着他的动作，眼前有一道灰色的光一闪而逝，她觉得手心有些痒，也没有那么难受了。

“不疼了……”她有些不可思议地喃喃，末了还甩了甩手，没想到驭猫人还有这一手。

“呵呵，”宋致忍俊不禁脱口而出，“傻猫。”

“闭嘴。”森渔怒道，刚刚才对这个人类生出的一点点好感，瞬间被他这两个字冲散。

“啧，这个时候你不应该谢谢我吗？”宋致自认为风趣地朝她眨了眨眼。

森渔嫌弃地睇视着他，低下头看了眼手心，“哦”了一声就要离开。

“小猫，你想过九尾猫存在的意义吗？”

宋致看着森渔陡然停下脚步的背影。其实对于九尾猫的这些问题，一直以来都是无解之谜，她也会追问自己存在的意义，但是这是一个没有办法回答的问题。

为什么九尾猫会存在于世上？为什么要修炼出九条尾巴？为什么会有人形？

森渔问过自己许多次，但是一直都想不通，她也不认为宋致就知道答案。

“我才不会浪费时间去想这些，我只要修炼出九尾就行了。”

“呵呵，还真像你们九尾猫会说的话，”他轻笑，接着道，“也许太执着于九尾，才是修炼最大的障碍。”

森渔不明白他这句话的意思，九尾猫修炼的目的不就是九尾吗？为什么执着于九尾会成为最大的障碍？

“小猫，”他突然严肃起来，也不解释刚才他说的话，自顾自继续道，“你要时刻记住，不论人形的时候再怎么像人，你始终是一只九尾猫，在你无法看清一个人的时候，不要与他太过亲近，不要告诉别人你是九尾猫这件事。”

森渔有些不解地仰头看他。

宋致此时脸上不见一点笑容，与之前那个吊儿郎当的样子完全相悖。

这也是宋致唯一与钟家有分歧的地方，他坚信人性的卑劣，始终阻挡九尾猫融入人类社会，无论九尾猫的外形看起来再像人类，他们始终不会是一个完整的人。

他觉得九尾猫与人类之间始终是有一条分明的界限，那条界限就是一条深不可测的无形鸿沟。

2.

钟楚江站在阳台上，望着森渔越过庭院的黑色身影，手中的手机已经结束通话。

就在刚才，得知了那把十几年前出现过的叫作萨拉维尔的匕首又再次出现，他突然有一种快要抓住了真相的感觉。

他打电话给黑市拍卖行的熟人，得知那把匕首在年初的时候确实有人存放在拍卖行进行拍卖，但是就在月余之前已经被取回，奇怪的是，就像是知道会有人来询问一样，一个星期前有一个年轻的女人付了一笔钱留下了一句话，如果有人询问那把匕首的踪迹就把那句话告诉他。

“曾经失去的，终有一天会自己回到你的身边。”钟楚江疑惑地开口重复着这句话，这句话有什么样的含义，那个女人要通过拍卖行告诉自己什么？

森渔原本在草地上疾驰，脚步因阳台上细微的声音一顿，回头望向二楼阳台。

钟楚江正在那儿兀自出神，森渔看到他身后的宋致悠悠地走过来，那个愚蠢的人类真的再也不想见到了。森渔的疑惑被突然出现的宋致打断，头也不回地向钟宅外蹿去。

宋致看着它高傲离开的样子，心中觉得好笑，这明明是一只连扮作普通人类隐匿在人群中都做不到的笨猫，但是就在刚才，他迎着她的眼睛看去，那锋芒毕露的眼睛里带着清澈和坦然。

刚才她就是用这样坦然而无畏的眼神注视着他，平静而清淡地反驳："不论发生什么，都是我自己决定的。"

宋致诧异于她近乎于傲慢的坦荡，也忍不住担忧起来……

"你放心吧，我相信森渔。"钟楚江收回思绪，看到身旁的宋致一脸凝重的表情，摇摇头。

他知道宋致在担心什么，九尾猫执着九尾在他们眼里看来就是一个死胡同，一次次获得和失去。

如果在同一个地方失望太多次，很难不会愤恨，更何况九尾猫就是在用生命重复每次的失落。钟楚江心中有些感慨，他见过的九尾猫不在少数，尤其是当九尾近在咫尺的时候……

"我知道了，钟叔叔。"宋致不好意思地说，他知道自己可能是杞人忧天了，森渔不会是第二个苏蓓的……

想到这儿，他想起了刚才森渔伤口上奇怪的能量："钟叔叔，您可能要看一下这个。”

他从口袋里掏出一个玻璃瓶，瓶子里装着像是一层薄纱翻滚的灰色能量，这是九尾猫的愿灵，透着一些熟悉的味道，但又很陌生。

“这是森渔体内不属于她的愿灵，那傻猫一直在因为受伤而耿耿于怀，都不知道身体里有别人的愿灵。如果不是发现得早，等到森渔八尾的时候，后果恐怕不堪设想。”

钟楚江闻言，凝视着玻璃瓶里接近黑色的能量，皱紧了眉头。

就那么几秒钟的时间里，脑海中腾升而出一种不祥的预感，那像是漩涡般旋转汇聚，矛头都指向了十年前的那个人，不，或者说，是那只九尾猫。

那个奇怪的女人难道是苏苜?

庞大的震惊还有不敢置信充斥着钟楚江的脑海。

潍城中心医院，高级护理病房里正上演着这样一幅画面。

加护病房的门大开着，病床前站着好几个医生，他们是各科室的专家，平时都泡在手术室里，就连开会都难得能同时看到他们。

如今都满脸凝重地检查着病床上那个面如枯槁连呼吸都从喉咙里挤出“嗬——嗬——”声的男人——罗鼎升，有名的地产大亨。

他的妻子颜湾手足无措地立在一旁，焦急地等待着，精致的妆容也掩盖不住她的慌张，她拉着主治医生殷切地问：“医生，我先生他会没事的对不对？”

罗鼎升的病情一直是瞒着她的，她知道自己丈夫近年来身体上一直有些小毛病，她也催过几次让他尽早去医院做身体检查，但是他始终置若罔闻。

一天前接到医院关于她先生病危的通知，她顿时方寸大乱，见到罗鼎升的时候就是眼前这副人不像人鬼不像鬼的样子。

她无论如何也想不到，早在年前罗鼎升就已经查出癌症晚期，时日无多。

颜湾想不通，明明月初的时候，罗鼎升还高兴地拉着她的手说：“湾湾哪，你陪着我苦了一辈子，下半辈子我一定好好对你……”

那言语中的庆幸，分明是劫后余生的欢喜，怎么会是时日无多？

为首的几个医生互相看了看，他们都是行医几十年的医者，即使经验再丰富也拉不回已经被死神紧紧拽住的人。

颜湾看见那几个医生躲闪的目光，眼中蓄积已久的泪水将要决堤，她深呼吸稍平复了下情绪，抬头向上试图阻止眼泪的流泻。

为首的医生心中不忍：“很抱歉，罗太太……我们尽力了。”

颜湾向后踉跄了一步，撞到身后的矮桌，连连伸手撑住自己颤抖的身体，一边的护士想要扶住她却被她推开。

“辛苦你们了，我想和我先生单独待一会儿。”

护士离开时，贴心地为他们带上了房门，病房里就剩下了机器仪表规律而没有生机的“滴滴”声。

颜湾坐在病床旁，她将罗鼎升骨瘦如柴的手捏在手心里，枯柴般的手背上青筋盘亘，她的眼泪止不住地向下砸。

罗鼎升醒过来时就看见这一幕，心里顿时不是滋味。此刻，他也无比地疑惑，怎么会是这样，那位先生明明保证过他的病会好起来的……

啜泣中的颜湾抬起头来看见丈夫已经清醒过来，慌忙擦干脸上的泪水。生怕罗鼎升伤心，她柔声安慰道：“鼎升，你醒啦，你放心，我一定会找医院治好你的，我们去国外，找这个世界上最好的医生，你放心，我们一定可以挺过去的……”

“湾……湾……”罗鼎升费力地抬起手想要摸一摸颜湾被泪水濡湿的脸颊，但是手伸到一半就从半空中跌落下来。

他这才意识到自己的身体已经虚弱到这般地步，心中又气又恨又疑惑。

颜湾明白丈夫的意图，连忙抓起他的手贴在脸上：“我在这儿呢，我会一直在你身边看着你，你说过下半辈子要好好对我的，你可不能说话不算话，我等着呢。”

说着，颜湾有些哽咽，罗鼎升看着妻子强颜欢笑的样子，心中酸涩不已，眼泪从布满细纹的眼角滑落，滑下一道泪痕……

丑巷的巷道还是那么逼仄，天空已经变得灰蒙蒙的，昏暗的路灯快快地发散着微弱的橙色光芒，黑色的蚊蚋扑棱着围绕在泛黑的灯泡周围。

楼道里偶尔响起开门声，还有一些亲切问候，空气还是有些滞闷，蒸得瞿理的心里有些酸涩。

“咪——喵——”

不知道是从哪个方向传来了一声猫叫，悠悠地回荡在瞿理的耳边，瞿理不自觉地想起森渔，不知道她手上的伤怎么样了。

今天发生的事已经超出了他的认知，尹开复奇迹般地康复让他明白了九尾猫能力的可怕，如果说九尾猫的愿望真的是什么都可以实现的话，九尾猫这个种族势必引起一场恐慌。

那个突然造访的女孩，那双和森渔相似的竖瞳，都在印证着他的猜测，森渔的眼睛和小黑猫太相像了。还有一个疑点，就是森渔虽然说小黑猫是她养的，但是她却从来没有和小黑猫一起出现过。

难道，真的就像他猜测的那样，森渔就是九尾猫？

身后突然传来一阵可疑的响动，但是转过身去巷子里却空无一人。

直到瞿理回到家，仍然感觉身后有若有似无的视线跟随着他。

他打开灯，看到了安然睡在屋里的小黑猫，有些哑然。

瞿理轻轻地靠近，它缩成小小的一团，窝在那个小枕头上，显得无比乖巧。

他伸手摸上它的头，温热而细腻，又戳了戳它长长的胡须，换来它不耐烦地挥了挥爪子。

原本看到它这个动作觉得可爱的瞿理蓦地停下了动作，有一个想法在心中升起。

瞿理不受控制地将视线投向搭在枕头边的左爪，像是有人在他的脑袋里点了一把火，瞿理也不知道自己为什么会突然生出这种疯狂的念头。

他看见自己的手渐渐伸向了小黑猫的左爪。

如果小黑猫的掌心也有一条伤痕的话……

瞿理小心地捏着那只黑色的爪子，深呼吸几次，终于下定了决心翻转过来。

粉红色的肉垫上横着一道深红色的痕迹。

森渔手上的伤口出现在了小黑猫身上，加上之前对森渔和小黑猫之间的种种怀疑，瞿理已经分不清楚是自己的想法太疯狂还是这个世界太疯狂。

森渔就是小黑猫，还是只九尾猫。

瞿理终于确定了自己的怀疑，他颤着手摸了摸那道疤痕，本应该在熟睡的森渔却猛地抽回爪子惊醒过来。

猫的肉垫都很敏感，森渔也不例外，在瞿理触碰她肉垫的那一瞬间，她立刻惊醒了，但是就像一个早晨被闹钟吵醒的人，她并没有完全清醒。

她疑惑地看着瞿理惊讶的表情，再顺着他的视线定在自己肉垫上那个显眼的疤痕上。

森渔心中隐隐有个不好的预感，她瞬间清醒过来，从枕头上爬起来，用尾巴将自己盘住，不知道在想些什么。

“你是森渔是吗？”瞿理试探性地轻声问道。

瞿理看着眼前的小黑猫还是低着头一动不动的样子，心中长长地舒了一口气。

他追寻九尾猫的真相其实没有多么特别的理由，一开始的时候，他对于九尾猫也是将信将疑，那些源自遥远记忆中的模糊片段已经不可追溯，那些奇怪的黑影、诡异莫辨的声线，还有光怪陆离的场景都已经零碎。

他在几千个夜幕深沉的晚上问过自己，那些记忆到底是否真实，在自己身上发生的一切还有这双眼睛，到底是不是源于自己的臆想，最终清晨从梦中惊醒迫不得已地接受现实。

他也曾相信过九尾猫可以帮助他结束这错乱的人生，直到他在那个雨天遇见九尾猫，之后发生的事情就开始变得诡异莫测，一连串的意外都在昭示着不寻常。

然而所有的谜团串在一起，都像一把离弓的剑，目标彰明较著，森渔就是九尾猫。

尽管瞿理再怎么不敢置信，这件事情是那么隐秘而且神奇，但是恐怕真正会相信的寥寥无几，自己的话会被人家当作精神错乱，就像曾经没有人相信他的眼睛可以看到人的心声一样。

瞿理没有再问森渔，因为真相如此明显。

瞿理摸了摸眼前的黑色头颅，看着她小心谨慎地抬眼，睁着湿漉漉的浅色眼睛窥视自己，瞿理见状像是想起什么好笑的事情一般，兀自低下头轻笑出声。

在瞿理的眼中，她的动作与那天在教室里，想让她将小黑猫带过来的时候一模一样，其实她的伪装是那么拙劣，有心人一看就能看出来吧。

而他的笑容在森渔的眼中却让她有片刻愣神，勾起的淡色嘴角还有微眯的暗黑色双眸像是有星光在熠熠生辉，这个人类很少会笑，但是他的笑容让人感觉格外清浅舒爽，那种味道就像自己刚开始孤旅的时候身后那片刮过森林的风，带着树木的清香和青翠深深地印在了脑海。

她规规矩矩地端坐在地上，看着他秀颀的背影走向案台，没多久，又端着一个白色瓷碟走过来，在自己面前蹲下。

森渔鼻尖闻见一阵腥香——是小鱼干！

森渔瞬间欣喜起来，和那天在教室里吃的味道一样！

森渔看着面前沾满酱汁的小鱼干，又有些下不了口，伸出舌头舔了舔嘴，歪着头看着瞿理。

瞿理将装着小鱼干的瓷碟推向她，笑了一下："安心吃吧，不会再问你问题了。"

森渔安静地啃着小鱼干，尾巴尖在身侧微微晃动，表达着她的好心情。

她不理解为什么瞿理会对九尾猫和自己之间的关系产生怀疑，瞿理究竟掌握了多少关于她的事，这些它都不得而知。更加匪夷所思的是，自己为什么一反常态地想要靠近他，笨拙而又莽撞。

她不希望瞿理追查九尾猫的事情，但是又担心自己的隐瞒会让瞿理失望，然后与自己划清界限，也不希望瞿理不再理会她。

这么想着，森渔就觉得嘴里美味的小鱼干一下子就如同嚼蜡一般。

瞿理看她突然停了下来，以为她是担心自己会泄露她是九尾猫的事："你大可以不用担心，我没有家人没有朋友，就算我说，大概也不会有人相信我……”

他揉了揉森渔脑袋上的那撮柔软的毛，森渔立即舒服地眯着眼睛感受着他手心的温热，她听到他说话的语速极慢，每一个字都说得无比郑重。

“你放心，你的秘密，我不会告诉别人。”

天已经慢慢地黑了下来，巷子里漆黑一片，一只白色的布偶猫立在墙头直直地望着那扇窗。

清凉的风吹得路灯上残破的灯罩“吱呀吱呀”地响，还有不知从哪一户传过来若有似无的对话声，那扇窗子里就像是一个与外界隔绝的小世界，丝毫听不到外面的嘈杂与纷扰——瞿理跪坐在地上，噙着温柔的笑意，轻柔地抚摸着面前的黑猫，而那只猫咪坐在那儿显得无比骄傲的样子，却又歪头乖顺地蹭着他的手心。

温馨的氛围融成了一幅画，看得人心里不自觉地渗出暖意。

3.

一阵冷风吹过，睡梦中的颜湾冷得惊醒过来，神情有些恍惚。

刚才她做了一个梦。

在梦中，她与丈夫回到了初识的时候，那时候自己还是一个羞涩的少女，面对罗鼎升突如其来的表白羞红了脸……

梦中的羞涩还有惊喜感都还在心中激荡，颜湾想起躺在病床上气咽声丝的丈夫，眼泪又不自觉地落下。

“醒过来了啊！”

病房里漆黑一片，黑暗中有个声音突兀地响起。

“谁？”

“啪嗒——”

开关的声音带来的光亮刺得颜湾睁不开眼。

段苛冷眼看着眼前抬着胳膊挡住眼睛的女人，她的下巴上还挂着一滴未来得及垂落的泪珠，下坠的时候因为灯光拉出一线晶莹，这个场景让他有一刹那的晃神。

那滴眼泪就像是一只萤火虫撞向黑色的夜空，有一段遥远的回忆在他的脑海突然浮现。

他看见十六七岁的自己肿着一张渗血的脸虚弱地躺在昏暗的屋子里，床前的苏苜正在啜泣着。

“你醒醒，你醒醒！”她推着他的手臂，惊慌失措地喊着，“怎么会不行，难道愿灵都不行吗？”

“你别死，你别死啊！你看看我好不好。”苏苜的声音颤抖着，带着一丝焦急。

段苛心中突然升起一种异样的感觉，他怎么不记得记忆里有这个画面？想要过去拍一拍苏苜的肩膀，但是原本趴在床上的女孩突然转过头来，那双琥珀色的大眼睛瞪得圆圆地看着他的方向，那眼神中满是怨恨和不甘。

段苛被惊得一愣，猛地回过神。

此时，颜湾也已经反应过来："你是谁？"

段苛晃晃脑袋，强迫自己忘记刚才脑海里的画面。

"我是罗先生的……"他顿了一下，在脑海里搜寻一个合适的词语形容他们之间的关系，"生意伙伴。"

颜湾看着眼前这个男人，他虽然笑着，但是给她一种非常狡猾的感觉。

"不久前，罗先生和我达成了一笔交易，但是出于一些原因，这笔交易……出了一些差错。"段苛伸手捂住胸口，脸上写满了惋惜，"基于一个诚信经营的原则，我特地前来补救。"

"我先生的生意我不懂，你去找他的……"罗鼎升的生意做得很大，但是颜湾很少参与公司的事，她对公司业务也不熟悉，想让他去找公司的副总，话没说完却被打断了。

"我要找的就是你——罗太太。"段苛的眉毛高高挑起，看了一眼病床上那个在商场上所向披靡，如今却已经是强弩之末的男人，然后又说了一句让颜湾匪夷所思的话，"我和罗先生的交易，是关于他的身体、他的病情、他的健康……”

“你在胡说什么！”颜湾有些恼怒，罗鼎升如今躺在病床上气若游丝，这个无理的人居然还在这里开玩笑！

“我并不是信口开河，要知道，这个世界上有许多科学无法解释的东西，但是你不能够否认它的存在，就像你的先生早就知道自己已经时日无多，然后找到了我许愿要一个健康的身体，我答应了他。”

颜湾有些听不下去，她觉得这个男人简直就是在异想天开，她摇着头就像是在可怜一个精神病一样，转身按响了床头的传呼铃，想要叫人把这个荒唐的男人轰出去。

没想到身前的男人看到她的举动却笑了，病房里原本规律的机器仪表突然响起一阵急促的“滴滴”声。

颜湾登时慌了神，一个劲地按着传呼铃，一旁的段苛勾起嘴角，看了一眼脚边的虎纹猫。

那只虎纹猫站起身跳上了病床，颜湾看到那只猫踩在丈夫的胸口上，连忙上去挥赶，没想到却被一旁的段苛伸手抓住，那只猫不受丝毫影响，站在那儿岿然不动。

“罗太太，如果我是你，就不会这样做。”

“你到底是什么人？你想干什么？”颜湾歇斯底里地挣扎着，看见那只猫身上开始发出浅浅的光，像是有意识一样渐渐地将罗鼎升包裹起来，直到仪表上那紊乱的线条又重新开始变得规律起来，光芒才一点点渐渐消退。

病房内渐渐恢复平静，颜湾感觉到原本钳制自己的人已经从身边退开，那只猫也趴回了段苛脚边，但是颜湾觉得自己的双腿被紧紧地束缚着动弹不得。

她慢慢地瘫倒在一边的座椅上，仿佛失去了支撑身体的力气。

“罗太太，这世界上有许多无法用常理来解释的事，我是一个售卖愿望的人，罗先生是我的客人之一。”段苛说得很平淡，但是面前的女人依旧没有一点反应。

“罗先生现在的状态，已经无法用科技手段挽回了，”段苛语调缓缓，“但是我可以帮他。”

“我凭什么相信你？”颜湾掩饰着自己的惊慌，镇定地问。

“刚才你也看见了，是我把你的先生从死亡边缘拉了回来。”段苛笑得狡猾。

颜湾语塞许久，在心中权衡着。

她不相信她的丈夫已经病得回天乏术，明明上一次见他还是容光焕发。

“我知道这种事总是要考虑一段时间，这是我的联系方式，有需要的话，随时打给我。”

段苛掏出一个信封放在颜湾面前。

段苛回到家已是深夜。

屋子里很黑，但他还是一眼就看到了窝在客厅的那只白色布偶猫，那只猫就是苏苜。

回家的路上，段苛一直沉浸在回忆里，在病房里的时候，脑海里突然浮现的那一段画面，没有预兆地出现在他的脑海里，他仔细想了想，觉得那应该是洪水退去后的记忆。

没错，苏苜就是段苛在洪水里救上来的那只猫，为了救她，段苛险些被水流冲走，在那一瞬间苏苜幻成人形又把他拉了回来。

那个时候，他才知道了这个世界上有九尾猫的存在。

苏苜自那以后便留在了他的身边。

洪流浩浩荡荡来了又走，那汹涌的水流卷走了整个村庄的希望，破败的房屋，原本应该丰收的农作，还有无数被洪流冲走的人，只剩下满目疮痍。

灾后重建的时候，才终于有了喘息的机会。

苏苜病恹恹地蜷缩在段苛的怀里。

“刚发完洪水，穷得连人都养不活，你还养猫？赶紧给我送走。”男人骨瘦如柴，脸色蜡黄，怒睁着眼咧着一口黄牙凶神恶煞地在房门口冲着背对着房间的段苛嚷嚷。

“我会自己养着……”段苛从小跟奶奶长大，眼前这个男人是他的小叔，奶奶被洪水冲走了之后，这个男人根本不见一点伤心，反而领政府补贴的时候在人前哭得撕心裂肺。

“你把我的那份钱给我！”段苛知道这个小叔之所以会带着自己，不过是因为他也有一份灾后补贴拿。

“什么钱，没有！”

“胡说，明明……”

……

那时候的段苛，年轻气盛，还有一些青春的孤勇和愚蠢，段苛回想起那段时光都忍不住感叹，那时候的自己真是蠢极了。

事情理所当然地发生了，他和小叔打了起来，因为钱。那是他生平第一次感受到人对金钱的渴望。

可事情又是那么残酷，小叔将他打得半死不活的，他奄奄一息地躺在床上看着那个男人扬长而去。

之后的记忆，就是他的伤势在一夜之间好了，当时他不知道原因，还当是老天的眷顾，现在回想起来应该是那时的苏苜用愿灵治好了他。

这个世界上哪里有什么老天爷，段苛嗤笑，人们都喜欢求神拜佛，这世界如果有神明，为什么不睁眼看看这苦难的人间。

段苛还在回忆中不可自拔，不知道是缅怀还是唾弃。

苏苜看着他不屑一顾的样子，突然觉得眼前这个人有些陌生，反而是回忆中那个“段苛”的样子，一点一点地浮出水面，然后顺着水流离自己越来越远。

她在瞿理家外面看见的那温馨的一幕渐渐浮现脑海——段苛曾经也喜欢摸着自己的头。

记忆追溯到两人初相识的时候，那场突如其来的大水来得迅猛，一瞬间将她与苏蓿冲散了，正当她快要绝望的时候，是段苛救了她。

其实段苛的记忆没有错，那时候的确是苏苜救了他。

苏苜觉得她这一辈子恐怕都忘不掉那个场景，残破的屋子里段苛奄奄一息地躺在那里摸着她的头，她感觉到他的手有些冰，却坚定有力地按在自己的脑袋上，和那时候把她从洪水中捞出来的力度一样，他说："我不会丢下你，我会一直陪着你的。"

太阳透过他的发梢刺进苏苜的眼里，他扬起的嘴角笑得异常耀眼，她下意识地以为这就是他许诺的永远。

从此以后，苏苜决定用她刚长好的第八条尾巴救这个不是有缘人的人。

但是她没想到，原来这是劫难的开始。

那条尾巴消失时扬起破碎的微光，是对她平静日子的最后一点礼赞，也是从地狱里摇摇飘上来的丧钟音。

第五章

SI
CENG

似 曾

1.

整个潍城都笼罩在闷热之中，金黄色的阳光被炎炎热浪扭曲，地平线燃起了一把看不见的大火，火焰炙烤得连外层稀薄的空气都开始没有规律地四处乱窜。

森渔正趴在教室的桌上睡觉，她的思绪慢慢地从她的身体里飘离出来，像是一缕轻飘飘的炊烟在上空慢慢盘旋，俯瞰着那些似乎很熟悉但是又很陌生的景色，树冠细密看不到下面的路，于是她又慢慢地飘着，顺着蜿蜒林径向前去，然后场景突然就变了，她想睁开眼，但是眼睛被什么东西蒙住，阳光依旧透过这个东西覆盖在她的眼皮上，此刻身上黏腻得难受，有什么凉凉的东西在她的身上来回触碰。

奇怪的是，她看不见，但是心里并没有一丝恐慌，反而很安心，那来回碰触她的东西也让她觉得很舒服。

她想睁开眼，但是眼皮好重。

“森……”

有道声音传来，可是她听不清。

“森……渔……”

谁在叫她?

“森渔？”

声音越来越近，眼前那道温暖的光却越来越暗，那舒服的触感也渐渐地从皮肤上剥离，她的思绪像是被拉进一个黑暗的漩涡中。

“森渔？”

瞿理小声叫着森渔的名字，刚才如果自己没有看错的话，刚才森渔的身上笼罩着一层浅浅的莹白色光芒。

森渔睡得很沉，没有一点醒过来的迹象，瞿理有些着急，便稍稍靠近了一些，捏着她的肩膀小幅度晃动。

这时，森渔的眉头皱了皱，眼睫微颤，睁开了眼睛。

两个人靠得很近，瞿理的手还搭在她的肩膀上，眼看着她醒来，正想告诉她异状时，她突然向他靠近，脑袋顺势靠在了他的手臂上，很是自然地来回蹭了蹭。

而瞿理因为她的动作，愣在了那里。

他清晰地感受着她柔软的发丝在手臂上的冰凉触感，蹭得他手臂有些痒有些麻……

此刻，瞿理感觉自己的大脑停止运转，手臂上的那种麻痒感就像电流，通过神经传到了大脑，迅速带起了一阵无法控制的连锁反应，让他的身体有些僵硬，手足无措忘记了反应。

肇事者却毫无所觉，做完这一切后，森渔直起身，此时的她已经清醒，但是她没有意识到自己刚才究竟做了什么。

森渔看着瞿理在一旁张着嘴傻愣愣地紧盯着自己，向前凑近疑惑地问："你怎么了？"

瞿理看着她再度靠近的白净脸庞，那双剔透得像琥珀的眸里映着自己的模样，突然觉得自己像一个呆子。

他清醒过来，手忙脚乱地将她推开，原本苍白的脸颊开始升温。

森渔皱着眉看着他推开自己的动作，不满道："你干吗？"

她的声音略有拔高。瞿理被她吼得有一瞬间没反应过来，拉着她做了一个噤声的动作，想起叫醒她的原因，压低声音，说出来的话却让森渔心中暗道糟糕。

"你知道你现在在发光吗？"

"你要我跟你去哪里啊？"瞿理疑惑不解地看着森渔快步疾行的

背影问。当他告诉森渔她会发光之后，森渔只是思考了几分钟，突然什么也不解释只说让他跟她过来。

“跟我走就行了，少废话。”森渔有些烦躁地挠着头，在心里已经开始咒骂起来。

瞿理说她在发光时，她以为还在梦里，因为她只有在猫形而且八尾的时候才会发光，她斟酌之下决定让瞿理跟她过来。

两人走到一处办公楼的后面，警惕地看了看周围，这栋办公楼离教学楼很远，四周都是灌木，应该不会有人看见了，她转过身叮嘱道：“你在这里等我一下。”

瞿理眼看着森渔拐进墙角离开。

他有些摸不准森渔的脾气，以为对森渔保证过，她应该会对自己坦诚，但是来了学校以后，见到人形的森渔时，她却什么也没说，当作没有发生一样。

尽管如此，瞿理笃信森渔肯定是九尾猫，那是一种说不清道不明的直觉。

就像是在街上遇到陌生人，突然发现这个人跟你记忆之中的某个人非常相像，这么说或许并不太贴切，但他不知道该怎么去形容，因为森渔和小黑猫给他的感觉实在是太像了。

正这么想着，森渔消失的墙角后面传来一些奇怪的响声。

“森渔？”

瞿理慢慢靠近，试探性地叫着她的名字。

没有得到预想中的回应，瞿理忽然想起上一次尹开复也是在这种偏僻的地方等着自己，有些担心森渔出了什么意外，立刻向墙角冲去。

可是走了过去，他却发现一个人都没有，森渔也消失了！

瞿理站在那里有些不知所措。

“喵——”

瞿理的身后响起一阵轻微的猫叫声，他立刻转过身来看向身后。

“你没事吧。”瞿理的脸色难看极了。

“喵——”我当然没事啦！森渔被他吓了一跳，他的反应太大，在她的意料之外。

如果说小黑猫就是森渔这件事原本只是瞿理的猜测，那么现在这个情况，证实了这一切不是瞿理精神错乱的臆想。

但是，猜测是一回事，真相又是另一回事，他还是有些反应不过来。

他走到小黑猫面前蹲下，既然森渔决定在学校里变成猫，一定有她的理由，虽然他听不懂小黑猫喵喵喵地在说些什么，但是他想起他眼睛的那点与众不同，应该可以明白森渔此时要表达的想法。

森渔看着瞿理已经渐渐冷静下来，眼神逐渐聚焦在自己的眼睛上，心中那点担心也烟消云散。

森渔觉得在学校里自己身上一直发着光太引人注意了，当务之急就是先变回猫，然后让人带她离开学校，而她之所以找瞿理帮忙，是因为她所遇见的人里没有人可以像他这样听见心声，而自己又不想回钟家见宋致那个白痴，并且她总有一种感觉，钟楚江似乎是有事情瞒着自己。

另一方面，森渔觉得自己真是太丢脸了，一开始受伤到现在莫名其妙发光，这样的状况从来没有出现过，过去都只有在八尾猫形的时候，自己的身上才会发出有缘人能够见到的光。

这些奇怪的现象连她自己都已经没有办法解释了。

“你让我带你离开学校，找个地方躲起来，是因为快要八尾了，所以不想被有缘人找到？”瞿理组织语言将自己读到的那些奇怪的心声用一段连贯的话复述出来。

他说完以后，才意识到现在自己是在对着一只猫讲话，像极了小时候别人眼里的那个怪孩子。

但是他不在意，反正他在旁人的眼里从来就不是什么乖巧的人，他会一直以一种怪物的姿态在别人的记忆里熠熠生辉，活得顽强而顽固。

他看着眼前的黑猫连连点头，明明脸上的表情并没有多大的变化，但是他就是知道森渔这时候一定很开心。他在脑海里都能够想象到她抿着嘴笑弯嘴角的样子。

他蹲下身想要将面前的黑猫抱起来，但森渔带过来的包里，却响起了欢快的手机铃声。

瞿理看了一眼森渔，森渔也仰着头看了一眼瞿理，两人大眼瞪小眼面面相觑。

最终还是森渔挥着爪子将书包打开，手机从里面滑出来。森渔瞥见屏幕上硕大的“钟白痴”三个字，不住地翻着白眼，钟暮思这个白痴找她做什么？

它将爪子按在手机上，推向瞿理。

“我接？”瞿理一只手指向自己，不确定地问。

森渔偏过头去，舔着身侧的毛，表示自己不想和钟暮思说话。

他认命地接通电话，一个“喂”字还在嘴里打着转，电话那头钟暮思的声音通过咆哮的形式传了过来，他已经能够想象到电话那头的人有多激动。

“森渔！你又跑到哪里去了？你知道爷爷给我打了多少个电话吗？简直是夺命连环 call 你知道吗！”

瞿理看着那只猫翻了个白眼，说实话，他还没有见过猫翻白眼。

“森渔她现在接不了电话……”瞿理温吞地开口，制止那边的激动情绪。

电话那头顿时安静下来。

“我是瞿理，森渔她……变回猫了，而且在发光。”

车里的气氛十分凝重，宋致正在开车，收起了往日的嬉皮笑脸，钟楚江一言不发地坐在后座上，旁边坐的是宋致从淞源带过来的九尾猫——宋时。

现在他们的目的地是潍城的中心医院，事情起源于半个小时的一则短信——想救森渔，来中心医院三号加护病房。

钟楚江接到短信的时候惊诧不已，他打森渔的电话一直无法接通，转而打给钟暮思，得到的却是森渔不知所终的消息，发信息的人也联系不上了。

钟楚江觉得姑且不论森渔是否在对方手中，就凭这几个月发生的事情，他也应该去会会这个人。

这几个月来，他和宋致分头追查潍城九尾猫失踪一事，直到最近终于有了进展。

他顺着萨拉维尔这把匕首找到了那家地下拍卖行，虽然没有查到是谁留话给他，但是他得知了一个消息：有一个神秘的人，专向有钱人贩卖愿望。

据说已经有许多人慕名而去，结果如何虽不清楚，是否真如那些人所说的能够实现愿望也不确定，但是有许多走投无路的人都打算碰碰运气。

“瞎猫都能碰上死耗子，万一是真的呢！如果愿望真的能用钱买，散尽家财我也愿意啊！你说是不是……”拍卖行的老板是老江湖了，在鱼龙混杂的地方求生存，什么稀奇事情没有听过，他打着哈哈，语气就像说笑话一样轻松，完全没有注意到钟楚江铁青的脸色。

他们不知道是怎么回事，但钟楚江这个与九尾猫打交道的人立刻就猜到了几分。

钟楚江旁敲侧击试图得到更多的消息，但是很可惜的是，那个老板并不知道神秘人的联系方式，这也是神奇的所在，据说他们会在客户需要他的时候主动找上来。

至此，钟楚江终于知道为什么潍城的猫会相继消失，恐怕是被这个神秘人以一种难以想象的手段控制起来，然后被利用来变成一个替人圆愿的工具。

“这种人，就应该下地狱去！”宋致在等红灯的空当通过后视镜望了一眼后座上焦急的钟楚江，还有一脸不知所措明显被吓到的宋时。初春时，宋时跟着宋致来到了潍城帮助钟楚江找到了森渔，之后一直跟在他们的身边，自然知道查到的内容，他从来不知道会有人类对九尾猫怀着如此大的恶意。

宋致开着车连连咒骂，真相已经渐渐浮出水面，难怪潍城的九尾猫会相继失踪，还落得求助自己这个外省人带着淞源的九尾猫过来帮忙。

九尾猫是很有灵性的生物，虽然不知道出于什么缘由背负上以尾偿愿的宿命，但是它们一直崇尚的都是自由，不停地修炼其实也是为了能够从这种无尽的轮回中解脱，但是没有想到，现在居然有人利用它们来达成自己的私欲。

钟楚江闻言并不搭腔，他现在只是担心那些猫，九尾猫有圆愿的能力，但是没有选择的机会，就像它们九尾的时候会被命中注定的有缘人看见真身，而一般人看不到，有缘人是上天注定的，除非有缘人放弃圆愿，否则它们无法拒绝。

同样，它们没有办法去选择替一个固定的人圆愿，如果给不是有缘人的人偿愿，这是一个很损修为的事，几乎所有的九尾猫都不会选择这样做，这几乎是它们的天性。

结合不久前森渔所说的九尾猫的攻击事件，根据森渔所形容的那只九尾猫，钟楚江基本可以肯定，那是九尾猫失踪发生伊始，刚来潍城的一只狸花猫，叫作夏茉。

那是一只很温顺的猫，绝对不会轻易出手伤人。

那个隐藏在迷雾下的神秘人究竟是怎么做到控制九尾猫做违背本性的事？

几人到达医院的时候，车刚刚停稳，宋致立刻冲向护士站询问三号加护病房的地址。

钟楚江和宋时赶上来的时候，宋致已经得知了具体位置。

他招呼着两人过来，钟楚江身后的宋时突然停下了脚步。

宋时愣愣地看着与他擦肩而过的女人，像是在辨别着什么。

“怎么了？”钟楚江若有所思地看着那个女人的背影。

“那个女人，”他伸出一只手指过去，“她身上有九尾猫的味道！”

“你跟宋致去病房，我去找那个女人！”钟楚江当机立断地说，转身跟上那个即将消失的背影。他相信九尾猫的嗅觉，况且宋致来潍城之前他已经把事情的严重性告诉了宋致，他相信宋致带来的猫，其实也变相地相信，九尾猫这种简单而且直接的生物大多数都学不会骗人，至今深信不疑。

宋时是宋致的九尾猫，多数时候其实没有什么辨别能力，当他找到宋致的时候，有些不确定地看着眼前人满为患的病房。

宋致蹙眉站在病房的门口，病房里满是穿着白大褂的人。

“九尾猫的味道是从那个人身上传出来的。”宋时站在宋致身后，靠上去指着病房中央那张病床轻声说。

病床上躺着的人，明显已经没有了气息，一旁的心率仪上一条平直线条从右向左不停地传递着、追赶着，病房中气氛凝重，奋力抢救的医生放下手中的仪器，沉声宣布着死亡时间。

“滴——”

机器拉长的嗡鸣声听在宋致的耳朵里就像嘲讽一样。

2.

钟楚江这边则出了一点意外，他跟上那个女人的时候，她已经上了电梯。

他看见电梯上行的指示后连忙搭上了另一部电梯，在每一层停下确认女人是否出了电梯，他心里十分不解，这个女人真的是给自己发信息的那个人吗？她究竟是出于什么目的？她究竟要干什么？

他跟着的那个女人上了天台，钟楚江看着她一直步向天台边缘的脚步，心中无法遏制地涌起一个念头，他连忙掏出手机找到那条短信，将那个号码拨了出去。

只消几秒钟，那个女人的口袋里传出一阵手机铃音。

钟楚江终于确定了——恐怕这是那个神秘人设下的圈套。

手机来电铃声打断了颜湾的脚步，她浑浑噩噩地停在原地，眼神散漫没有焦点。

“是谁让你这么做的？”

颜湾转身看着不远处的钟楚江，被他严肃的神情所震慑。

“你给我发的这条短信，是谁指使你的？”钟楚江看着她带着迷惘的神情心中暗道糟糕。

“他骗我，他说只要我按他说的做，他就会救我丈夫……”颜湾的身体因为悲痛而瑟瑟发抖，“他说过他有办法的，我明明见过那只猫救过我丈夫的，我以为我只要按他说的做……”

钟楚江尽量保持着语气的平稳，唯恐刺激眼前这个明显已经快要崩溃的女人，引诱问道：“你说的他是谁？什么猫？”

“我不知道……我不知道他是谁。”颜湾并不理会他，自顾自说着，声音中透着疑惑。钟楚江留意到她的眼神有些迷离，悄悄地靠近她。

颜湾毫无所觉，继续喃喃起来，像是说给钟楚江听，又像是在问自己：“我不知道他是谁，他主动找上我，说可以帮我，还说只要我按他说的去做，他就一定会救鼎升，我都已经按他说的做了……真的！我真的做了……”

钟楚江继续靠近她，她还在不停地说话，就像已经走火入魔一样，眼睛直愣愣地望着不知名的地方。

“我只要帮他给那个人发一条短信，也听他的话没有接这人的电话，为什么……我丈夫都去世了他还没有来！他明明可以的！明明之前可以的！我见过！你知道吗？”

她突然抬起头的动作把钟楚江惊得脚步一顿，神经紧绷牢牢地盯住她，唯恐她做出什么疯狂的举动。

颜湾看着钟楚江，脸上是一种不协调的愣怔。

好像突然意识到什么，颜湾忽然冲到钟楚江身边，钟楚江甚至没来得及躲开就被她抓住。

“你可以帮我吗？帮我找到那个人？帮我求求他救救鼎升……”

钟楚江看着她满是希冀的泪目，手轻轻搭在颜湾的后颈：“我答应你，我会找到他的。”

——这个从地狱中爬出来苟活于世的人，他与这人世格格不入，不配留在这芳菲人间。

——我会找到他，让他为他犯下的罪行赎罪。

他接住颜湾下坠的身体，在心里回应。

这时宋致的电话打进来：“钟叔叔，病房这边我已经查过了，是一个叫罗鼎升的地产商……刚刚离世。”

钟楚江在心中暗忖，那个人把他们引过来的目的是什么呢？

难道仅仅是为了炫耀他把两个驭猫人耍得团团转？

就像一道惊雷，脑海中灵光一闪，结合拍卖行老板提供的信息还有这个昏迷的女人的话，他怎么会忽视这么重要的一点！钟楚江懊恼自己的失误……

如果说那个神秘人真正的目标不是自己的话，那么……

“宋致，快去找森渔，她有危险！”

乌云翻滚，遮蔽了天空原本的颜色，阳光也被阻离于这人间，随着天色暗淡就连空气都像凝滞了一般，闷热蒸得人直喘不过气来。

“我靠，森渔你真是……真的在发光啊，一闪一闪的……”钟暮思手撑着膝，弯腰望着瞿理身上打开的背包，他偏着头，像是想要找出合适的词语来表达他的震撼之情，奈何他的词库真的是太过贫乏才悻悻作罢。

——你给我走开！你这个白痴。

森渔在松软的背包里艰难地挪动着身子，拿后背对着钟暮思以表示她对他的拒绝，语言已经无法形容她对钟暮思这个白痴的唾弃了。

但她不知道的是，这个动作在钟暮思的眼里更像是一条蠕动的虫子，只是他不敢说，因为森渔如果知道了定会一爪子挠死他！

“嗯？是爷爷的电话！”钟暮思从裤兜里翻找出振得欢腾的手机，想起自己还没有告诉爷爷已经找到了森渔，爷爷现在必定还在为森渔失踪的消息忧心不已。

“你怎么了？”瞿理将背包捧至面前，让森渔与自己面对面，望着她的眼睛问道。他敏锐地感觉到自从离开学校和钟暮思会合后，森渔的状态一直有些惴惴不安，对钟暮思的脾气也异常大。

森渔看着面前放大的脸，心中也是失落万分，她总觉得这一路上有一双隐秘的眼睛躲在暗处窥视着自己，她很讨厌这种感觉，这让她觉得自己是一个被猛兽垂涎的猎物。

这是一种动物的丛林法则，动物用敏锐的洞察力搜索潜伏着的危机。

钟暮思在不远处听着电话那头的人说着什么，森渔眯着眼仔细辨认着周围，这时才发现周围的人不知道在什么时候悄悄失了踪迹。

瞿理也察觉到不对劲，感受到了怀里的森渔突然间浑身僵硬，正盯着不远处的巷弄。

顺着她的视线看过去，那条巷子是两栋楼房隔出来的空隙，日光只是在巷子的最外沿薄薄地打上一层光，越往里去却看不通透，上方笼罩的是几近墨色的天空，与天空连接的那一道虚实不清的剪影就像是从天空中倾倒下来，灌进了那条窄巷之中。

有一种无形的东西急速攀缘藤蔓向这边延伸过来，瞿理强迫自己移开了视线。

怀中的森渔竭力一蹬跳出了他的怀里，然后向着那条巷子里跑去。

“森渔！”瞿理着急喊道。森渔像没有听到一样，反而加快了脚步，瞿理见状只得追赶上去。

他一边跑一边叫着她的名字企图唤醒她，但是显然没有什么用。

瞿理脑海里有一个很怪诞的念头，他的直觉告诉他如果让她进到那里面去，可能自己将再也见不到她了。

他加快了速度，终于赶在森渔的前面拦下了她。他将森渔拦腰搂在怀里，这时他们距离巷口已经很近了。

瞿理喘着气平复了几秒，他能够感觉到全身的血液都在伴随心脏强力躁动着。

此时，森渔在他的怀中，却没有丝毫挣扎的迹象。他看着森渔的眼睛，森渔也看着他，但是那眼神明显没有聚焦，浅金色的双眸中央黑色的瞳孔放得很大，没有往日的生机，不知道是不是他的错觉，他总觉得巷子深处有一团影影绰绰的微光在不安地闪烁着。

瞿理感受着她的内心，但他没有听到任何声音，太安静了，近乎于死寂，满目都是茫茫黑色，一直延伸汇聚，充斥着森渔的内心。

似曾相识的一幕，瞿理心中有种很不好的感觉。

那一次把自己引出去的那个女孩，他曾经看过她的眼睛，也是这样的情况！

“瞿理小心！”

他的注意力被这突如其来的声音惊醒，抬头看见钟暮思神色焦急，正向他们这边跑过来，他下意识地向身后看去。

黑暗中，有两点幽绿的光芒慢慢地从深处显露出来，后面还有一些浅淡的绿光向这边迫近。

瞿理抬腿就跑，甚至还没来得及转身看清楚方向，以至于他的脚步一个踉跄，与钟暮思擦肩而过的时候他才有余力稍稍偏头看了一眼后方，那是好几只龇着牙的九尾猫，追在他的后面。

“你先带森渔离开这里。”钟暮思记得爷爷在电话里叮嘱过，一定要保护好森渔，不要让她落到那个东西的手里。

对，是“那个东西”，他连对面是什么都不确定。

他看了眼瞿理怀里已经昏迷过去的森渔，她虽然有时候嘴巴很毒，还有些不留情面总是鄙视自己……

她有很多很多不好的地方，但是钟暮思知道，他早已经将她当成朋友了。

瞿理拼命向前跑着，他觉得胸口像是被安装了一个炸弹，迟一秒都会让他陷入无法挽回的境地。

他努力控制着自己不能向后看，他知道每一个多余或者迟疑的动作都会将被追上的危险放大。

瞿理不知道自己跑了多久，看着周围陌生的环境，他察觉到身后已经没有了那些追赶过来的猫，但是他依然不敢停下脚步。

阴沉沉的天空像是要从天上坠落下来，乌云掩盖下传来隆隆雷声，偶尔还有骤然亮起的闪电在天际闪耀出惨白的光芒，有一滴雨落在了他的额头，从一边的街角蹿出一道虚影，瞿理甚至没来得及做出反应，身体就已经失去平衡。

雨越来越大，雨丝从稀疏到密集，越来越多的雨水打在他的身上，落在他的身边，溅起一地的水花。

瞿理从地上爬起来，急忙检查森渔的状态，因为这意外，森渔居然清醒过来，有些迷茫地看着周围的环境。

不远的雨幕中有一个身影极速靠近，急骤的雨线中，他的身影就像是一缕幽魂在人间游荡。

他在不远处停下脚步，那个看不清容貌的男人站在雨里，手中的一团光芒闪烁不已。

“小猫，这个，想不想要？”那个男人的语调很平静，声音里却透着一股说不出的诱惑。

瞿理看着他扬了扬手，手中那团微弱的光似乎又明亮了一点，他不知道那是什么，但是即使没有看到森渔的内心，他也感受到了森渔对于那团光芒的渴望。

“森渔！”他大喊一声。

那个男人只是轻轻地睨了他一眼。

瞿理看着那眼睛一愣，下一秒就感觉有万钧之力压在自己身上，让他不由自主地趴在了地上。

“想要就过来拿吧。”那个男人并没有将瞿理的叫喊声放在眼里。

“我知道你有多渴望它，想要就过来拿啊，这不就是你一直想要得到的吗？”

那声音听在森渔的耳中就像是晨钟暮鼓，钟声从远方飘荡而来，她觉得周遭的一切都暗淡下来。那个人手里的微弱光芒，就像是在海上漂泊的孤舟终于拨开浓雾窥见塔灯。

如获至宝。

想要就过来啊……到这边……

想想长久以来想要得到的不就是这个吗？

“森渔……”

谁在叫她？黑暗中，森渔不住地张望着，循着声音传过来的缥缈音轨搜寻着……

苏蓿看着眼前突然停下脚步的森渔微愣，以前可没有发生过这种情况。

瞿理虽然不知道苏蓿手中的是什么，但是他猜测那应该是对于九尾猫来说至关重要的东西，他无计可施地看着森渔距离苏蓿越来越近。

忽然，森渔停下来了，有些迷茫地四处张望着。

“森渔，那是假的，你别相信他，那些都是假的！你别再往前走了！”

声音越来越清晰，假的？什么是假的？森渔疑惑地向瞿理看过去。

眼神呆滞迷惑，瞿理看到森渔转头看向他，他的喉咙像是被什么东西塞住了发不出声来。

那是谁？森渔看着趴在地上的瞿理，在脑海里搜寻着。

她第一次感受到大脑中记忆的匮乏，那里只剩下一片漆黑。

那是谁?

——嘿，你还记得我吗?

——小猫，我带了小鱼干给你。

——你放心，你的秘密，我不会告诉别人。

……

他逆着光，阳光给他的轮廓添上了一层金边，细瘦的手指透着阳光的颜色，那双连指缝都一尘不染的手轻轻地落在了她的头上，温柔暖和，有力轻盈。

瞿理……森渔在心底念出了他的名字。

很奇怪，森渔甚至想不起来这是什么时候的记忆，但是那记忆透过光和他的笑容，直直地扎进了她的眼里、心里、脑海里。

经久不散。

她的心中一瞬间就清明起来。

苏蓿像是被挑起了极大的兴趣，玩味地看着眼前突然清醒过来正龇牙看着自己的森渔，但是之后发生的变故却让他怎么也笑不出来。

森渔八尾了。

现在身体中的感觉，森渔无比熟悉，她知道自己心心念念的尾巴长出来了。

但是为什么会在这个时候出来，森渔气不打一处来。

她不蠢，苏蓿的目的昭然若揭。她不知道他是怎么得到自己的愿灵的，而又是如何得知操控九尾猫的方法，想必潍城失踪的九尾猫与他脱不了干系。

他们的目标是自己，森渔明白这一点，看了一眼被控制的瞿理，掉转身子向另一个方向跑开，不能被他抓住，否则肯定与之前遇见的那些九尾猫一样会被他控制。

苏蓿并没有去追森渔，走近瞿理，笑得诡异："我们又见面了。"

瞿理不明白他说的又见面是什么意思，他的脸色渐渐地苍白起来："不论你想干什么，都不会得逞的。"

"十多年前，你也是这么说的。"苏蓿呵呵笑了起来，衬着他身体散发的冷意显得无比怪异。

"你什么意思……"瞿理看着明显不怀好意的苏蓿，此刻他的心中像被戳了一个洞，全身的血液都因此而流淌出去。他觉得有什么重要的事情被自己遗忘了，但是他想不起来。他的脸色逐渐苍白，心如擂鼓。

就在这时候，苏蓿脸色明显一变，猛然转过头去，毫不客气地冲着巷子里喊："你来这儿干什么？"

过了几秒钟，苏苜一脸疲倦地从巷子里走出来，她安静地站着，站在那儿目不转睛地望着这一边。

“我告诉你，这一次你休想我会放过他。”苏蓿握紧的双手有些颤抖，面部的肌肉也是紧紧地绷着，牙齿在口腔中紧紧咬住碰撞，发出极其细微的碾磨声。

“我只是来提醒你，钟家的人，马上就到了。”说完，苏苜不管苏蓿的反应，退回黑暗之中。

“那边应该也差不多了。”看着苏苜消失在巷口，苏蓿转过头，两只眼睛像深不见底的枯井，声音幽幽，仿佛来自另一个世界。

瞿理在心里不停地告诉自己，不要慌。

但是那个人并没有对他做什么，便离开了。正当他松了一口气时，苏苜又出现在他的面前，他连忙从地上爬起来，谨慎地向后退了几步，试探地说：“谢谢你刚才帮了我。”

苏苜深深地看着他并不说话。

直到瞿理都觉得有些慌张的时候，苏苜冲他伸出一只手，手中躺着一只半个手掌大小的钟铃。

见瞿理并没有接的意思，她才开口说：“这本来就是你的，还给你而已。”

瞿理皱眉不明白她说的话：“这是我的？你见过我？”

苏苜又回到刚才不言不语的状态，固执地伸着手，等到瞿理终于拿起钟铃后，她才继续说：“如果失去了很重要的东西，那就沿着来时的路回去找。”

她说完就离开了，任凭瞿理怎么唤她也未停下脚步，他站在原地，怎么也猜不出她说的那些话究竟是什么意思。

3.

森渔奔跑在人烟稀少的大街上，寥寥的几人并未注意到这只在雨中疾驰的黑猫。他们都不是有缘人，所以在这些人的眼中，森渔与普通的流浪猫没有什么区别。

森渔从街边的玻璃外墙上清晰地看到了几只猫追赶而来的影子，不知道有没有之前的那个人在里面，尽管他身上的味道很是杂乱，但是出于对同类的熟悉和敏感，她知道刚才那个人是九尾猫。

正在心中暗忖间，路边的一个人吸引了森渔的视线。

那个人站在路边，眼神紧紧地跟着她的奔跑移动，直到与她不到五米的距离。

段苛看着眼前的黑猫，黑色的皮毛泛着别样的光泽，他想起很久以前看到苏苜八尾的惊艳，虽然他看不见森渔的八尾，但是他相信，眼前这只黑猫的八尾肯定是一番美好景象。

森渔狐疑地看着他眼中闪烁的诡异光芒，身后那些追逐着的九尾猫也停了下来，形成了一个小小的包围圈。

“我能看见你的八条尾巴，为我实现愿望吧。”段苛一步步靠近森渔，笑得十分无害，但是笑意远远没有到达眼底。

森渔看着眼前走向自己的段苛，他身上有刚才那只猫的味道，他们是一伙的，不能把愿灵给他们。

森渔警惕着四周的猫，一边观察四周的环境。

“你就不要想着怎么逃出去了，你不能拒绝有缘人，不是吗？”他轻声说，语气并没有多少起伏。他知道九尾猫内情比她想象的还要多，在他眼中，这只黑猫已是囊中之物，势在必得。

他怎么会知道这些？森渔一边躲闪着一边打量着四周，脑海中只想着逃出去。

这时候雨已经渐渐小了，地面上满是潮湿，天桥下有一个衣衫褴褛的老人躲在那里，抱着个空瘪瘪的破布包，沟壑纵横的脸上满是委屈还有泪水。

森渔全身瞬间凉了，她知道，这也许是自己唯一的机会了。

“拦住她！”

段苛眼看森渔像一支离弦的箭一般向着天桥下那个老头冲了过去，当即就明白了森渔的意图，大声吼道。

于是，周围原本静止不动的九尾猫都向森渔的方向冲去。

森渔感受着身后的动静，用极快的速度冲到老人面前，凝视着他，身上亮起柔白色的光。

往常都是希望八尾可以在身上留得更久一点，森渔第一次希望可以快点完成圆愿。

森渔感受自己的愿灵一点一点从自己的体内汇聚然后离开，融入了身前老人的身体里。

“喵——”

森渔在做完这一切之后，脱力地坐在了原地，身后的声音由远及近她也不理会，毕竟现在的自己已经没有利用价值了不是吗？森渔感受着自己体内骤然消失的愿灵，心情不可避免地苦涩起来。

“森渔啊森渔，我原本还以为你应该是很聪明的，没想到你居然是个傻子。”段苛的脸色难看极了，明明是掌控之中的事情，没想到还是要用疯狂手段，“你知道愿灵是多少人千金难求的存在吗？嗯？其实我们可以合作，我的目的只是求财而已……”他向前走了几步，四周的九尾猫也跟着靠拢过来形成一个包围圈，其中一个嘴里叼着一只铁质的笼子。

森渔知道这意味着什么，但是她无力阻止。

“你这是何苦呢，你以为这样我就没有办法了吗？”

看着一步步向自己走近的段苛，森渔心有余而力不足，想着这次算是栽了的时候，原本愣坐在地上的老人却突然伸出手一把将身前的黑猫捞进了怀中。

段苛一脸狐疑地看着老人的动作，老人只是紧紧地抱着森渔向后歪了歪身子，混浊的眼睛紧张地盯着眼前高大的段苛。

“嗬——”那老头突然出声喝道。

段苛反射性地向后一退，反应过来后神色有些恼怒，大声吩咐：“抓住他。”

瞿理赶到的时候，包围圈已经越缩越小，层层包裹之下他其实看不清楚里面的状况，但是他肯定森渔就在里面。

“丁零——”

随着他的奔跑，苏苢给他的钟铃也叮叮当当地响起来，他没有注意到，随着这响声传递过去，那些九尾猫的动作也像是提线木偶一般断断续续。

段苛当机立断，掏出手机沉声问：“是不是你搞的鬼？”

“赶紧回来吧，否则你手里的那几只猫，恐怕都保不住了……”

电话那头传来没有起伏的女声，让他有些恼火，但他还是决定暂时隐忍下来。他走到这一步不容易，可不能因为这一次前功尽弃，来日方长。段苛这样安慰自己。

宋致带着宋时赶到的时候，瞿理已经从老头的怀里接过了森渔，森渔已经因为疲惫睡着了。宋致在一旁冷眼看着他小心翼翼的样子，瞿理正好在这个时候抬起头，那双黑曜石一般的眼睛直直撞进宋致的眼里，一种怪异的感觉像是从水中扶摇而上的气泡，惊扰了平静。

这双眼睛，这少年的模样，都似曾相识。

第六章

JI
YI

记 忆

1.

钟楚江将颜湾安置好之后，接到了宋致的电话，得知森渔已经安全的消息，才终于松了一口气。

瞿理跟随几人一起回到钟宅，钟暮思听到管家说钟楚江在书房里等自己，看着管家严肃的样子，他也不敢小觑，连忙跑上去。

书房里，钟楚江面沉如水，钟暮思平时习惯了插科打诨，现在看到钟楚江严肃起来的样子心有戚戚。

“爷爷……”

“森渔今天下午为什么会离开学校？”

钟暮思感觉有一种强烈的压迫感伴随钟楚江的质问席卷而来，他从来没有见过爷爷这一面，也让他意识到了这次事情的严重性，他在脑海里仔细地回忆了一下，然后慎重地开口交代了下午的所见所闻。

瞿理坐在一旁的凳子上，身后传来宋致漫不经心地提醒："你放心吧，九尾猫没有那么容易死的。"

"他们啊，都是非常坚强而且单纯的生物……"仿佛喟叹般，他抬眼，视线若有似无地落在瞿理身上，轻轻地说。

"你放心，我对九尾猫没有目的性，只是恰好认识森渔，而她是九尾猫而已。"瞿理当然注意到了落在自己身上打量的视线，也从对方的视线里看到了这个男人的揣测，他这般说多少有些负气的意思。

宋致闻言一愣，他一直以为自己掩藏得很好，低下头轻笑一声，奇怪地看了瞿理一眼，却并没有说什么。

瞿理也不理会他有些莫名其妙的态度，手肘触及裤袋碰到一个硬鼓鼓的东西，把钟铃从口袋里掏出来，仔细地打量着。

是那种寺庙里面很常见的撞钟的钟型，十分小巧，钟身篆着密密麻麻的字。

正当他准备仔细打量的时候，响起开门声。

钟暮思跟着钟楚江进来，钟楚江的目光却在触及瞿理的一瞬间浑然呆住。

这是钟楚江第一次见到瞿理，但扑面而来的是一种熟悉感……刚才在书房听钟暮思说瞿理的眼睛也能听到心声的时候，他还以为是大千世界无奇不有，但是现在，那双眼睛还有五官轮廓，太像了！

钟楚江压制住喉咙中即将冲口而出的话，理智也在这一瞬间回笼，却在瞥见他手上的钟铃时更是难以置信。

“你怎么会有这个？”

顺着钟楚江的目光，屋子里的人都紧盯着瞿理手中的钟铃。

“这是一个很奇怪的女人给我的……”

于是，瞿理将下午发生的事情一五一十地说出来。

屋子里一时间陷入诡异的沉默。

“那个女人长什么样子？”钟楚江有些不确定地问。

“长头发，脸小小的，红棕色的大眼睛……”说着说着，瞿理说不下去了，因为他发现除了眼睛的颜色，他所形容的和一般的女孩差别并不大，抬起头有些尴尬，此时他的脑海中灵光一闪，回忆起一个片段，“那个男人好像叫了她的名字……”

瞿理看着眼前殷切的视线，低下头细细回忆，试图将自己带入当时的场景，想起那两个字。

“苏……苏苜，那个男人好像是这么叫她的。”

“真的是她！”

钟楚江的声音很小，但是宋致听得一清二楚。

瞿理离开后，钟暮思也不在屋子里了，宋致的忍耐也像是充满气的气球终于达到了极限。

“这到底是怎么一回事？”宋致的脸色难看极了，他冲着伫立在窗枢边的钟楚江问道，希望这个睿智的老人可以替他解惑。

钟楚江目送着那个信步向庭院走去的男孩，会是像他想的那样吗？那个孩子……

“钟叔叔，这个孩子他是不是……”他想起了瞿理的眼睛，那双眼睛跟记忆中的那个人，实在是太像了。

“我也不确定，但是，这个孩子，很有可能是十几年前那个我以为已经离开人世的，钟家的另一个孙子。”钟楚江脑海里浮现起瞿理的那双眼睛，还是忍不住感叹，实在是太像婧濯了——婧濯就是钟楚江的儿媳妇，是昏迷中的钟乐之的妻子，钟暮思已经去世的妈妈。

“这一切究竟是怎么回事，我一定会查清楚。”钟楚江拿起钟铃，钟铃随着摆动，丁零丁零的声音清脆异常，晃着一圈他看不见的声波，就像是石子投入湖底溅起的一圈圈涟漪，在空气中越来越远。

瞿理不知道自己是怎么回到家的，他觉得脑子里浑浑噩噩的，充斥着一些杂乱无章的思绪，躺在床上的时候他觉得自己浑身像被那个黑衣男人控制的时候一样，如坠千斤。

这天晚上，他做了一个梦。

梦中，他看到了孤儿院斑驳的大门，满是荒草的门口站着一高一矮两个人，年幼的自己被人牵着，他记得那个人的手心很冷，让他情不自禁地打了个冷战。

瞿理很奇怪，这明明是一段凭空而出的记忆，但是很多感触却是那么清晰。

那个人浑身黑衣又看不清脸，小瞿理童言稚语仰着头问道："哥哥，我们为什么会来这里？"

"爸爸妈妈不要你了，要哥哥把你送到这里来，暮理乖乖地留在这儿，哥哥以后会来找你的。"他的声音很沙哑，透着满满的恶意。

"我不要待在这里！我不要我不要！我要爸爸妈妈……"小瞿理突然开始哭闹着奋力挣扎起来。

只见那个男人蹲下身抓住他小小的身体，望着他的眼睛说："乖乖的，不要吵，你的爸爸妈妈不要你了。"

像是咒言一样，他反复地说着这一句话，小瞿理也像是被蛊惑了一样低下头……

瞿理猛地惊醒了过来，急促喘息着平复这慌乱的心绪。他用力揉了揉脸想要让自己放松下来，才发现额头上已经被汗水濡湿。

就在他望着那扇琉璃窗发愣的时候，偶然间瞥见有一抹荧绿色的光正在悄悄靠近。

“谁在那儿？”瞿理朗声喊道，空气中传来一阵轻微的波动，然后那一抹绿色骤然消失。

“你怎么了？”森渔的声音突然响起，伴随着开灯的“啪嗒”声，房间里霎时亮起来。

瞿理的眼睛不适应地眯起，等到眼睛适应了这光亮才看清渐渐走过来的森渔，傻呆呆地瞄了一眼墙上的时钟。

森渔走过来继续坚持地问道：“你怎么了？”

“没什么，做了个噩梦。”瞿理抹了抹脸，梦里的感触是那么清晰，他好像置身在这个梦里见到了小时候的自己。

梦里的那人虽然靠得很近，一双浅黄色的眼睛就在自己的眼前，强迫自己望进去，手紧紧地捏在他的肩上，很冷，那种冷意像是呼啸而过的北风，冷冽而且强硬地带走他浑身上下所有的暖意。

瞿理已经记不清梦里发生了什么，他努力回忆着，那个人的嘴巴在动，可他听不清，却能感受到从心底升起的绝望，就像是猛地扎进水里一点点下沉，胸腔的滞闷感带着他的感官一点点沉沦。

他觉得这个黑衣男人很眼熟，忽地想起这就是今天遇见的那一个！瞿理的感觉突然敏锐起来，闭上眼捕捉着那个背影，朦胧间，脑海之中响起一道带着恨意的声音：“既然你不让我九尾，我也让你家破人亡！”

瞿理的眼神空洞地望着那扇琉璃花窗，像是陷入了某种森渔无法探知的情境之中，这样的认知让森渔有些暴躁。

“你到底……”森渔的话没有说完，就被瞿理打断。

“森渔，你还记得你的父母吗？”

瞿理没想到自己会忽然问出这么一句话，也愣了愣。

森渔也被这突如其来的问话打断了思路，许久她才说：“我不记得了，我好像从来没有见过他们。”

“但是我总会做一个奇怪的梦……”森渔认真地说着。

瞿理听着森渔突然低下来的语调，知道她还没有说完，便没有打断她。

森渔皱着眉像是在分辨什么，久久才继续道：“在梦里我虽然什么都看不见，但是我能感受到风，感受到阳光，感受到我身处在一片森林之中，还有一种很安心的感觉，就好像我的妈妈在我的身边。”

森渔说得模棱两可，以前她总是在醒了以后就不记得梦里的场景，但心中总是空荡荡的，好像失去了什么很重要的东西，只是任由她怎么去回想都没有办法捕捉到一丝一毫。

最近，就在她受伤之后，她能够记住那个奇怪的梦了。

那种濡湿的感觉，那时候她分不清真假，觉得也许就是一个无足轻重的梦境，但是那种安逸的感觉在她的灵魂深处叫嚣着。

梦中清晰的触感告诉她，这段梦境，是她生命里最开始的记忆。

有时候，梦就是一种很玄妙的东西，它会把尘封在脑海深处的回忆，以一种混乱而模糊的形式缓缓铺展开来。

亦真亦假，让人分辨不清。

那就是在她刚出生的时候，母猫为她舔毛的记忆。

瞿理也有那种感受，他落在琉璃花窗上的视线一晃，就想起今天下午离开钟宅的时候瞥见的那一扇玫瑰花窗，就像是一把钥匙，拨开了大脑中的某一个神秘的锁孔，记忆顷刻汹涌而出，透过玫瑰花窗五彩斑斓的阳光，还有湿漉漉的雨水在上面溅起的水花，还有胖嘟嘟的手指划过凹凸不平的玻璃的那种清晰的触感，还有一个女人模糊带笑的脸庞……

结合钟楚江诡异的态度，有一种不敢置信的念头在瞿理心底衍生起来……

但是，可能吗？在他的记忆之中，他一直都是被父母抛弃的孤儿啊！

如果这一切都是他的臆想，那种突如其来的熟悉感，和那种格格不入的陌生感交织在一块儿，相碰撞纠缠着难舍难分，这感觉又怎么解释？

他觉得脑子里面有无数个问号，像乱麻一样绞作一团。

他很乱，伸出手覆盖在胸膛之上感受着心脏有力又凌乱地跳动着，他分不清自己的心底是不是也有隐隐期待，思及此，他连忙晃头想要把这些不切实际的念头甩开，迫不及待地将话题转移开。

“这么晚你过来找我是有什么事吗？”

“我来这里修炼啊。”森渔说得理所当然，她的心中还有疑虑，但是看瞿理好像不愿意提，便顺了他的意思，没有将钟楚江和宋致的谈话透露出来。

而瞿理听她说起修炼，下午的记忆也瞬间回笼，眼神上下来回打量着站在面前的女孩，一边担忧地问：“你还好吧？”他的神色有些不自然，抿着嘴像是想说什么，但是又半天没有下文。

“我的八尾没了，钟楚江说我的七尾好像也有些问题。”她说得很含糊，脸上有些沮丧。

瞿理一时之间有些无言，他一向笨嘴拙舌，看着她皱着眉的样子脱口而出：“你不要难过，会长出来的，一定会的，还有七尾也是……”说完之后又有些窘迫。

“扑哧——”瞿理呆愣地看着森渔突然就笑出声的模样，没有反应过来。

“我没有难过，就是有些失落，毕竟修炼很久了嘛，其实我已经习惯了。”

好像每当遇见不如意的时候，人总是会惯性地先安慰自己，告诉自己其实没有什么大不了的，好像这样心中的那些不快、难过、伤心、失落就真的可以消失。

但是其实这样的话，只能骗骗自己，或者说只能暂时安抚自己。

因为说这句话的时候，心中的苦闷会提醒你，你有多在意。

瞿理不知道怎么做才能让森渔释然一点，森渔却接着说道："其实我失去过许多次尾巴了，八尾的时候总是会碰见有缘人，刚开始的时候，我每次都要找一个没有人的地方低落好几天，再后来会郁闷一下，但是现在……"

她顿了一下，像是在说什么难以启齿的事情，沉默了一会儿艰难地开口："现在我有些害怕自己八尾……"

他明白那种感受，第一次当有人对他说"我相信你"的时候，他是真的相信过这些人的坦诚，每当他袒露心扉的时候，那些质疑、惊惧、疏离的眼神闪烁在那些凝滞着笑容的脸上。

他的心上像是被人放了一把火，每一个人都在这把火上添砖加瓦，久而久之，他开始害怕有人说了相信他，然后又用带着质疑口吻询问他是否真的能听见心声。

习惯，真的是一个很恐怖的词……

习惯了失望，习惯了一个人，习惯了不相信别人，习惯了孤独……

种种的负面情绪都是导致自己一步一步远离人群的原因。

现在，森渔说的“害怕”，他懂。

不是因为感同身受，而是因为身受过，才会感同。

沉默让空气都变得沉闷，两人始终维持着同一个姿势，他想伸手将她眉间的褶皱揉开。

“你们为什么要替人圆愿？”

森渔疑惑地抬起头，圆圆的大眼睛里写满了迷茫。

这个问题，钟暮思问过，钟楚江问过，宋致也问过，但是他们好像也都不知道答案，她也问过自己无数次，为什么九尾猫要用尾巴做代价，替人类圆愿。

“我也不知道。”她的脸上写满了沮丧，“钟暮思说因为傻，他还说只有傻子才会无偿付出不求回报。”

她这么说的时候有些无奈：“我想了很多年，每一次失去八尾之后我都会想，为什么我要替人类完成愿望，但是我连这个问题究竟有没有答案都不确定。”

“每个人都有愿望，而我总是能碰到有缘人，每次我都会失去尾巴，我试着躲避过，但八尾和九尾就像是处在两个不同的空间，它们之间有一道坚不可摧的墙把它们阻隔开，它出不来我进不去，没有一点办法……”

她的声音中隐隐透出一丝认命。

瞿理的心也在她叙述的过程之中千变万化，她的表情很平淡，不悲哀，也不绝望，而是弥漫着一种深深的迷茫，她是那么迫切地想要结束这一切，但是清晰地看到自己卷在这漩涡的正中央越沉越低，身不由己。

瞿理望着头越来越低的森渔，觉得应该要说些什么："你知道在很多故事里，都有替人完成愿望的桥段，有一些就像是一种历练，一种必经的磨难，这些都让人成长；还有一些则是出自于善良对于弱者的怜悯，我觉得虽然可能你们之间的关联不尽相同，但是我相信圆愿的前提，一定是出自于九尾猫的善良。"

他无法预测以后会发生什么，但是这一刻，他想表达的都是自己最真实的想法。

"九尾猫的善良……"他的声音像是从胸腔中挤出来的，"你可以体会一下这种感情。"

"钟楚江说过，可能我想通了这个问题，就能成为真正的九尾猫了。"她的语气中终于有了一些渴望，脸上也终于有了一些笑容，"等我下一次八尾，我希望你还是我的有缘人，这样我就算失去八尾也不会那么失落。"

瞿理的心在听到这句话的一瞬间，变得不可思议的柔软。这只向来任性的九尾猫在不停地历练中，以可预见的速度慢慢地成长起来。

"真正的九尾猫啊。"他轻轻地喟叹着。

"就是长出九条尾巴啊，只有九条尾巴的猫才真正当得起九尾猫这个称呼。”她以为瞿理是不知道什么是真正的九尾猫，急匆匆地回答了这个问题。

“九尾和八尾有什么不同吗？”瞿理还是有些疑惑，在九尾猫这个种族面前，他简直像是一个不谙世事的小孩一般懵懂无知。

“其实我也不知道，而且我没有见过九尾的猫。”瞿理有些无奈，原来森渔这只九尾猫其实也是一知半解，转念一想又觉得有些好笑。

“你笑什么，因为我没有九尾过啊。”

听了森渔这句话，瞿理心中却有些疑问，就连森渔这只九尾猫都没有见过真正的九尾，那么九尾是真的存在这个世界上吗？

“钟楚江说，他是见过九尾的，但是那只猫，失踪了。”

“我不知道该不该相信他，”森渔说这句话的时候，声音特别轻，“我也不知道该不该相信……”

该不该相信……后面的话瞿理没有听清，她的声音就像是一缕青烟飘荡在空气中一样难以捕捉，该不该相信人类？还是该不该相信自己？瞿理分不清。

直到很多年之后，瞿理才意识到，可能就是那个时候，他的内心已经决意要靠近这个孤单的灵魂。

九尾猫和人类之间，从来就横着一条深不见底的鸿沟，付出与索取之间的那种偶发性还有必然性，注定了他们之间背道相驰。

每个人都有想要却得不到的东西，当九尾猫如同命运的眷顾一般出现的时候，当然都舍不得放弃，就像是天上掉下来的馅饼，每个人都乐见其成。瞿理大概能够想象，因为第一次见到森渔的时候，他也把森渔当作是救命稻草一般。

但是到了现在，他知道了每一个愿望都是九尾猫耗费时间还有精力去修炼的尾巴换取的之后，他很庆幸当初没有许愿，他也不明白自己的心理。

可能就是这个念头，这个时候他才真正开始想要走近她，并且为之前并没有圆愿而感到庆幸。

“我对你好，不是因为你是九尾猫。”瞿理觉得自己从来没有这么认真过。

他伸出手，轻轻地捧住了她的脸，郑重地说：“你是森渔，这一点不会变。”

彼时他并不明白自己这番话的意义，那是在两个人最纯真的时候，柔软朦胧的感情，还有笨拙而生硬的语言。

他们凝视着对方，像是春季万物绽放勃勃生机一般，弥漫在空气中，充斥在他们的呼吸间。

2.

夜越来越静，越来越深。

苏苜在中心医院外的马路上伫立许久，终于迈开了步伐，夜里的这条马路就像是一条暗潮汹涌的黑色河流肖然地阻隔着两岸，医院的对面依然是声色犬马，人声鼎沸。

而她的心里，却像是经历了一场又一场的战乱，满目疮痍。

走廊上空荡荡的没有了白天的拥挤，护士站也只有几个护士围在一起叽叽喳喳。

“听说啊，那个大名鼎鼎的房地产商今天下午的时候去世了……”

“听说他住院的时候那些情人啊，都没有来看过他呢。”

“他老婆因为他去世伤心得晕过去了，现在还没醒，真可怜……”

苏苜向着最里面的病房走去，听到她们谈话的内容，神色一暗，垂在身侧的双手握成了拳。

在病房门口伫立许久，她怀着最后一点侥幸，推开门走了进去。

病床上，颜湾还在睡梦之中，苏苜轻轻地靠近她，像是不忍心打扰一般，昏暗的病房中看得并不真切，但是苏苜还是瞥见了病床上的那个女人眼角那一道未干的泪痕。

她轻轻地将手覆盖在了她的额头上方，一阵幽蓝色的光芒亮起，她闭上了眼睛……

一栋装饰华贵的屋子里，颜湾正坐在沙发上发着呆，她的面前摆着一份报纸，报纸上满满都是一些八卦娱乐新闻，其中就有她的丈夫。

画面稍一转换，明显是换了一个场景。

“咚咚咚——”

敲门的声音震天响起来，颜湾转头看向门口，不间断的敲门声还在继续，伴随着一些“开门啊”“快给我开门”等不耐烦的催促声。

“来了来了……”颜湾来到门前，急急忙忙地开了门，伴随着房门的打开，一股呛鼻的酒味扑面而来。

颜湾手忙脚乱地接住罗鼎升瘫软的身体。

“你怎么又喝这么多酒！”嘴上埋怨着，颜湾还是像一个陀螺一样周旋在罗鼎升的身边照顾他。

“你以为……嗝……我愿意啊，嗝，在外面应酬……不喝酒怎么行……”

“应酬应酬，你现在就知道应酬，每天在外面喝到半夜才回来，你心里到底有没有我这个老婆……”

“你……你……嗝……你懂个什么啊，男人就是这样子，这是我的事业……”

……

苏苜站在一旁冷眼看着两人在客厅吵了起来，吵着吵着，声音戛然而止，她慢慢地走过去，沙发上罗鼎升嘴里时不时还冒出几句醉呓，已经昏睡过去。

一旁的地上，颜湾眼睁睁地看着沙发上喝得不省人事的丈夫，白净的脸上忽然就滑下眼泪，泪水随着脸庞在下巴垂落出水滴的形状，终于像断了线的风筝坠落下来。

“啪嗒——”

水滴在地上溅起一道水花，徒劳散开，铺天盖地的黑暗笼罩过来。

“啪嗒——”

“啪嗒——”

“啪嗒——”

“啪嗒——”

苏苜循声转身，面前是一个满是污渍的破旧洗碗池，水龙头没有关紧，水滴一滴滴砸进了还泛着油渍的水面上。

“湾湾，跟着我，让你吃苦了。”

苏苜再次转身看过去，黑暗中的场景渐渐浮现出来，一个还是少年模样的男人紧紧地握着颜湾的手，眼睛里不由自主地泛着泪光，颜湾弯着嘴角脸上全是恬静，她拉起半蹲在地上的男人，伸手轻轻地摸了摸男人的脸。

“不苦，和你在一起，不辛苦。”

“湾湾，我答应你，我一定会努力让你过上好日子的。”

画面一闪，又回到了那间华贵的卧室，中年模样的罗鼎升像少年时一样拉着颜湾不再白皙细腻的手，脸上是劫后余生的庆幸。

“湾湾……”他刚一开口，颜湾就激动地落下泪来，在她的记忆之中，罗鼎升已经许久不曾这么称呼她了。罗鼎升见她眼泛泪光的样子，心中的内疚还有羞愧之情油然而生。

“下半辈子，我一定好好对你！”似是赌誓一般，罗鼎升狠狠地说道，声音中有着明显的哽咽。

颜湾一只手掩着嘴，不停地眨动着眼睛抑制着汹涌的泪意，胸腔中伴随着浓重的酸楚之后便是狂喜。

她忙不迭地点着头：“好……”点头的动作起伏间，晶莹的泪花绽放在了空中，衬着她日渐老去的容颜是那么美。

周围的光芒渐渐暗淡下来，苏苜眼看着周围渐渐地陷进一片死寂之中。

“你不是说过有办法救他吗？我已经都按照你说的做了，为什么我的丈夫还没有醒？”

周遭还是一片漆黑，只有颜湾的歇斯底里撕开了沉寂。

“哈哈哈，罗太太你太天真了，我的确答应了你，我说我可以帮他，现在我已经帮他没有痛苦地离开了人世间，他应该谢谢我啊，不然你以为他还能够活到今天……”

“你浑蛋！”伴随颜湾的歇斯底里，“嘭”的一声重新回归寂静。

苏苜的手像是被什么刺到一样，猛地抽了回来。

她倏地睁开双眼，嘴里喃喃自语，指甲紧紧地陷入掌心，几乎要将自己掐出血来。

怎么会变成这个样子……

这个声音她很熟悉，简直不能更加熟悉了，这个声音曾在身边陪伴好几年，寸步不离。

她不可能会认错，就算她失忆了，忘记了所有人都不可能会忘记这个声音。

但是也是因为这么清晰的记忆，让她万分之一的希望，在那一瞬间泯灭。

段苛。

其实苏苜的心中早就已经有了答案，但就是要固执地来这里确认最后一次，就像很久之前，每次八尾的时候都会告诉自己，这是最后一次一样。

这么多年过去了，你还是一点长进都没有，苏苜在心中唾弃自己。

“呵！”

苏苜忽然笑了起来，连她自己都不知道是因为什么，只知道她的心中酸胀得让她很难受，她一直不停地笑着，好像只有这样才能够让她的心里好受一点。

她笑得身子都开始颤动，应该没有人能够了解她现在的感受，一直以来对自己不停地撒着谎，活在自己给自己堆砌的梦境里，最终只能眼睁睁地看着它一点一点地幻灭，那种无法挽救的挫败还有真相披露后对她的嘲讽，那种感觉……

许久之后，她终于停了下来。

看着睡梦中还在拧着眉的颜湾，她缓缓地伸出了一只手，悬在颜湾面前停下，有一些闪烁着亮光的白色光线从颜湾的大脑蜿蜒传递朝着苏苢的手心汇聚，直到光线的尾端化作虚影，她的手心中已经有一个不大不小的光球，表面像是有水流一般流淌着，里面有什么画面在闪烁。

苏苢面无表情地收紧手，弯下腰在颜湾的耳旁轻声说："你的先生得了癌症，他一直瞒着你在医院治疗才得到了改善，最近病情恶化，今天下午去世。"她机械性地说着这段话，太无力了。

"你的先生临终前说，下辈子一定好好对你。"

苏苢已经不记得自己是怎么从医院出来的，只记得，回到家的时候，她窝在阳台上的座椅里仰望着天幕，黑夜早已在不知不觉间将天空染成浓重的墨黑色。

"咻"的一声，一个黑色的人影从屋顶跳了下来，稳稳地落在了苏苢的面前。

是苏蓿。

"你来这里做什么？"苏苢皱着眉不客气地问。苏蓿一向是不愿意见到她的，因为他那点隐秘的心事，每每一见到她，两个人心中都不痛快。

“你心情不好啊。”苏蓿并不理她的问题，自顾自地在露台上来回走着。

苏苜并不想理会他，只是苏蓿脸上幸灾乐祸的笑容让她的心里一阵气闷，忍不住出声：“我也看不出来你的心情有多好啊，计划失败了吧。”

苏蓿看着苏苜脸上的鄙夷还有不屑，脸色铁青，但是转念一想他又释然，他坐在露台的围栏上漫不经心地开口：“我失败了没有关系，机会多的是，倒是你……你想要的，这辈子恐怕都不可能了吧。”

苏苜听着他不怀好意的话，浑身的血液都像是冬日里被冻住的水凝固在了血管之中，散发着森森寒气。

“姐……”

“别那么叫我！”苏苜听到那久违的称呼却像是被踩到了尾巴，尖声吼了出来。她怎么都没有想到，自己从大火之中救下的弟弟不知道什么时候已经变成一条毒蛇。

苏蓿看她激动的样子，却得意地笑着：“那时候我就劝过你，不要和人类太亲近，他们都是贪婪而不知羞耻、忘恩负义……”

“那你呢？你明明答应了我，不会再找钟家的麻烦，我才救了你。但是，你现在是怎么做的？你为什么要和段苛混在一起？”苏苜没等他把话说完便出声打断他，“苏蓿，你不要把我当傻子！你以为我不知道那把匕首是你给段苛的，你骗他、利用他、陷害他之后你得到你想要的了吗？你没有，我告诉你，苏蓿，自私的是你，忘恩负义的是你，即使你这样费尽心机，你也不可能有九尾的那一天！”

苏苜怒极反笑，她睁着眼看着面前苏蓿双手死死地掐着的围栏上已经有丝丝裂痕，他恶狠狠地瞪着她，像是恨不得扑上来掐死她的样子，心中反而有些释然。

“苏蓿，你根本不配做九尾猫，就算你抓了潍城所有的猫也没有用，你以为你把他们的愿灵用在自己身上就有用了，你错了，已经错得太多了……”她扬着头冷哼着，“可能是注定吧，咱们姐弟俩都得不到自己最想要的，段苛不爱我我已经认了，你也抱着你的八尾过下去吧。”

“好，好，说得好……我凭什么要认？错的不是我！是他们钟家，如果不是你的隐瞒、钟乐之的阻挠，我可能已经九尾了，自从我八尾之后，哪一次不是勤奋修炼，一天不落，我有什么错？”他的眼睛充血瞪得通红，就像是夜间从地狱逃脱的修罗恶鬼一般狰狞。

“身为九尾猫承受的苦痛是上天的错，九尾猫失去八尾是有缘人的错，没办法九尾是钟家还有我的过错，苏蓿，你就一点错没有？瞿理是谁带走的？段苛现在这个样子是谁蛊惑的？地下室那些九尾猫，旧仓库里那只九尾猫……苏蓿……夜深人静的时候你就不会愧疚吗？”

出乎意料，苏蓿反而平静下来，撑手从围栏上跳了下来。

“起手无悔，到底是谁笑到最后，我们拭目以待。”苏蓿背过身。苏苜看不到他的神情，但是她很想走到他的面前看看他的表情是不是有一刻的动容，她想知道这个百年间陪伴在自己身边的弟弟，究竟是什么时候变了样子。不过，苏蓿没有给她这个机会，他向露台外一跃，瞬间便消失了踪影。

苏苜远远地看着他消失的地方，夜凉如水，偶尔有虫鸣还有风声，苏蓿的到来反而像是一场梦一样。

在苏苜最初的记忆里，只有苏蓿。

最开始的时候，苏蓿还是一只小奶猫，每天就乖乖地跟在她的身后，随着时间的推移，苏蓿的天赋得以显露，最明显的就是修炼尾巴的速度明显比自己快了很多，当自己还在四尾的时候苏蓿已经五尾了，当自己还在七尾的时候，苏蓿第一次八尾了。

苏苜永远记得那天，苏蓿披着一身露水回来时脸上的失望，那时候恐怕只有自己还在傻傻地庆幸说：咱们俩都是七尾，这样可以一起修炼了。

那时候，她没有留意到，苏蓿的眼睛里满是不甘。

修炼的日子总是乏善可陈，当苏苜也八尾后，也开始了不停地经历着八尾、圆愿、七尾，然后再次八尾……这样循环往复的枯燥过程。

但是在苏苜的心中，过这样的生活，其实与之前不停修炼的过程并没有什么不同。

直到发生了那场百年难遇的洪灾，她和苏蓿失散了……

直到她被洪水冲走，遇见了段苛。

段苛把她从洪水中救下来之后，她用她的八尾救了他，在她的认知中，这就是一报还一报的事情，理所应当。

救了不是有缘人的段苛，苏苜在那段时间非常虚弱，段苛的家也因为洪灾变得满目疮痍。

一系列的变故接踵而至，段苛带着苏苜离开了这个生活了十八年的村庄。

他们在许多地方徘徊过，在很多段苛从来没有想过的城市颠沛流离。

唯一没有改变的是，他们还是那么穷、那么潦倒，对于这个世界和所身处的城市来说，他们是那么无足轻重。

这样漂泊的日子过了好些年，纵然贫瘠，当她从睡梦中清醒过来看到那熟悉的背影，苏苜甘之如饴。

但是苏苜没有想过，她是一只九尾猫，就算是在山林中都觉得并无不妥。她没有留意到段苛越来越阴郁消沉的样子，就像是颜湾没有意识到丈夫一天天与她越来越远……

他们之间，背道而驰，渐行渐远。

变故发生在她再一次八尾的时候，这一次苏苜的有缘人是段苛。

就在段苛的目瞪口呆之下，她向他解释了九尾猫的存在，段苛的眼睛突然间就有了神采。

段苛许了愿，之后他抱着这只白色的布偶猫啧啧称奇。

“苏苜，你会永远留在我身边吗？”段苛温暖的手覆盖在她的头顶，忧心忡忡地问。

“当然啦，我想和你在一起。”她舒服地眯着眼笑着。

“那你以后的愿望都给我好不好？”段苛紧抿着嘴，终于说出了心里埋藏许久的话，“你把愿望都给我，然后我们每一天都会比前一天过得更好，等到我有钱了，我会让你住很漂亮的房子，我会保护你不被别人欺负不被别人利用，我们会永远在一起……”

段苛说这些话的时候眼睛里有光，是苏苜从来没有见过的。

那时候，她以为那就是书上说的对未来生活的向往，很久以后才明白过来。

那种光的名字，叫作野心。

之后很长的一段时间，苏苜都不愿意回想。

没有人的运气能够好到每一次都是有缘人，段苛不是有缘人但是却能够许愿的缘故，是苏苜以损耗自身为代价获得的，这一点，段苛恐怕并不知道。

或者说，他根本不想要知道这一点。

苏苜的修炼越来越缓慢，但段苛却总是难以得到满足。

时间一长，他也越来越暴躁起来，苏苜的身体越来越孱弱。

尽管段苛的变化越来越大，苏苜却始终都相信他最开始的赤诚。

或者说，是始终都在欺骗着自己。

苏苜摇摇头不再乱想，转头看了看四周。

她所身处的屋子，比起罗鼎升和颜湾的家不遑多让，段苛的确做到了他的承诺，让她住进大房子，保护她不被别人找到，不被别人欺负。

唯独忘记了，像以前那样爱她。

在这个念头升起的那个瞬间，苏苜迫切地想要见一见段苛，这么想着，她的身体就行动起来。

客厅里没有，卧室里没有，书房里也没有。

这寻找的过程异样漫长，不知道为什么这几分钟走得如此缓慢。

她就像是一个找不到出路的迷途者，跌跌撞撞地穿梭在这偌大的别墅里。

终于，苏苜站在地下室的入口，像是那里面关着什么恐怖的洪水猛兽一样，她的双腿像是被灌了铅，迈出的每一步都无比沉重。

她透过那窄细门缝看去。

里面是一排排冰冷的铁笼，铁笼里是一些神色萎靡的九尾猫。她脑海中不自觉地浮现起很久之前的记忆，那些九尾猫的愿灵已经透支，不久的将来，迎接他们的恐怕就是死亡。

一个个都像极了曾经的自己。

“……按照合约，罗鼎升已经死了，周先生您就是地产界的……”

隐隐约约的谈话声透过门缝传递出来，这声音是那么熟悉，但是苏苜的双脚却无法再向前迈出一步，她拼命地捂住耳朵，好像这样就可以不用面对现在发生的一切。

“那么相关的酬劳还请周先生……”声音还在继续，掩盖不住里面的谄媚和狡诈。

苏苜抬起头盯着那些铁笼，很久很久，她站在门外一眨不眨地看着地下室中的九尾猫。

然后，她哭了。

隔着单薄的门板，只要伸手轻轻地推开门，就能够看见她用生命爱着可以付出一切的爱人。

但是就在这个寂静的、空荡荡的、漆黑一片的走廊，她掩着面，像是忽然之间被抽干了所有的力气，低下头无声地啜泣着。

在这一瞬间，她感觉到自己一直坚持的信念分崩离析。

她觉得很疲倦，而这疲倦甚至无法用语言描述，更像是身体血液中那炙热的温度，如同退潮的波浪一般迅速消退在空气之中。

她对自己说：就哭一会儿吧，我爱的那个人，已经不在这个世界上了。

第七章

XI
HUAN

喜 欢

1.

“你已经决定了？”宋致蹙眉询问面沉如水的钟楚江。

书桌后的人抬起头，那双睿智的眼从交握的双手后面显露出来。

“现在的形势，这无疑是最好的选择。”钟楚江如是说，掏出手机递给宋致。

——沿着来时的路去找过去失去的愿灵。

手机上是一个没有备注的号码，日期就是三天前的午夜。

“这是？”宋致不太明白，看完之后便将手机放回桌面上。

钟楚江平静地拿起：“你还记得那个拍卖行托人带话的女人吗?

还有瞿理昨天说的给他钟铃的那个叫苏苩的女人……”

“您的意思是说，这句话就是那个苏苩给我们的提示？”宋致的手指在桌面上轻轻点着，“那我可不可以对她报以怀疑的态度，她出于什么样的目的，要这么隐晦地为我们提供线索？”

他的怀疑不是没有缘由的，从九尾猫失踪开始，背后那个操控者步步为营，直到拍卖行这一步可以说是滴水不漏，这个苏苩明显知之甚多，她在九尾猫失踪这件事中扮演着什么样的角色？又为什么突然倒戈？

这其中的疑点每一个都有些诡异，这个苏苩，其目的实在值得人去揣测……

“这个苏苩，我曾见过一次，她是一只九尾猫。”钟楚江的话再一次让宋致怔住。

钟楚江的脑海中不由自主地回忆起第一次见到那只九尾猫的场景，苏苩是被苏蓿带过来的，那是一只白色的布偶猫，对于一只成年的九尾猫来说，苏苩的体型实在是小，不论是人形还是猫形。

苏蓿带她过来的原因他并不清楚，那时候的钟家已经是钟乐之在打理，而他也甚少过问，他只记得苏苩站在那里怯怯的样子，精神十分萎靡，后来发生的一切他也是一无所知，包括苏苩来了钟家之后发生的一切，还有那场斗乱的原因……

唯一知道真相的钟乐之现在还在沉睡。

书房之中陷入一种诡异的沉默，苏苜是九尾猫这件事出乎宋致的预料。

“我们现在所处的境地太过被动，对方的下一步会怎么走，我们更是无从得知，一直都被那个神秘人牵着鼻子走，她在拍卖行留下的那句话，我也曾以为是对方为了迷惑我们的烟雾弹，但是从她将钟铃交给瞿理这一点上，苏苜身上，恐怕有更多不为我们所知的秘密。”

钟楚江会这么考量是因为，钟铃在十几年前还是钟家的，其中一个作用是作为一个身份的象征，历来是家主持有，但是十几年前那场斗乱后就遗失了，现在却通过瞿理的手回到了钟家，钟铃为什么会流落到苏苜的手中，为什么会以这么迂回的形式回到钟家，这些钟楚江都在考量。

还有就是短信上的那句话让他想起了自己的儿子——钟乐之，以前常挂在嘴边的一句话：

你现在失去的，会作为将来的补偿回到你的身边，只是需要一个契机罢了。

“曾经失去的，终有一天会自己回到你的身边，这是第一次；失去了很重要的东西，就沿着来时的路去找，这是第二次。”钟楚江望着桌面，不急不缓地提示着宋致在拍卖行得知的那句话，还有瞿理转述的那句。

“沿着来时的路去找过去失去的。”宋致不等他继续接口说，“这是第三句。”

“没错，她在提示我们，每句话乍一看都是一头雾水，但是，其实每一句话都指向了愿灵。”钟楚江继续说道，“我不知道她的目的如何，但是我相信她一定从乐之那里探知过一些关于九尾猫的隐秘的内情。”

宋致没有打断他，但是在听到钟乐之的名字的时候眼神有些恍惚，他知道钟乐之，那是一个极有天赋的驭猫人。

他的眼神紧紧地聚焦在钟楚江身上，坚定不移，在等钟楚江下一个结论。

“我想，现在，也许就是那个契机。”说完，钟楚江又摇了摇头。

“但是钟叔，”宋致忽地开口，“您想过吗？无论这个契机是否存在，最大的变数其实是森渔。”

他们都是如此地了解九尾猫，但就是因为了解，此刻才会如此不确定。

偌大的客厅中，钟楚江和宋致四目相对，眼神无声建立着一个抉择，信息的换置，对未知的审度，还有一种不需要言语道明的心照不宣。

之后的一段时间，那个隐匿在幕后的神秘人，都没有进一步动作，潍城好像是偃旗息鼓地挂上了休战牌的战场，保持着一种山雨欲来的平静。

但是钟楚江和宋致都很清楚，这平静只是暂时的，其背后酝酿着的应是更加恐怖的阴谋。

所以有些事情，迫在眉睫。

盛夏的午后，蝉鸣重重。

钟楚江的突然拜访，让瞿理久久没有回过神来。

“不准备请我进去坐坐吗？”

瞿理打开门后就保持着开门的姿势愣在了门口。

钟楚江状似不经意地细细打量着瞿理，在心中暗暗感叹那双跟儿媳妇相似的眼睛，还有这面容细看之下与钟乐之也是别无二致。

“请进。”瞿理感觉到钟楚江的目光，心中有种异样的别扭。

钟楚江看着瞿理像是被突然惊醒，向后一退将路让开的样子，眸色一暗。

瞿理斟好茶水，放在正在打量着屋内的钟楚江面前。

“请慢用。”

“谢谢。”钟楚江收回落在琉璃花窗上的视线，两人的不自在让气氛瞬间尴尬起来。

“森渔呢？”

“她在屋顶上晒太阳，一会儿自己回来。”最近这几天森渔一直在瞿理家里，但是她的状态却让瞿理隐隐担心，“她说不知道为什么最近总是特别困倦，一天里有三分之二都在睡，还有三分之一也是迷迷糊糊的。”森渔虽然平时也喜欢打瞌睡，却不像最近感觉一睡就是地老天荒。

“唔——”钟楚江也微微皱起了眉头，这应该是上一次失去八尾的后遗症。

瞿理看他神色有异，连忙道：“我去把她带下来。”

说完，也不等钟楚江有所反应就急切向外跑去，无论他再怎么装作若无其事，在看到钟楚江的心声后，他知道钟楚江过来不只是找森渔那么简单，但是关于钟家与自己的关系这件事上他本能地想要逃避，偏偏他无法置身事外。

没过多久，森渔就跟着瞿理回来了，她不客气地坐在桌前：“你来找我？”

森渔的脸色很不好，眼睛下方还有一圈乌青，趴在桌上不住地打哈欠，显得无精打采的。

钟楚江将自己还有宋致的推论复述了一遍。

“你的意思是，我要去之前待过的几个城市，找那些曾经的有缘人，拿回他们身上我的愿灵。”森渔有些不确定地反问。

“是的。”

森渔沉思着，突然抬头出乎意料地说：“我不去。”

“为什么？”问话的是瞿理。

“我不想去，我在潍城也能够修炼，不需要再回去那些地方。”森渔撇过头不看他，但是语气依然很强硬。

“森渔，你现在一时半会儿是没有办法回到之前的状态的，如果再遇上那群九尾猫……”钟楚江对森渔的拒绝有些不理解，森渔却还是固执地偏头不知道在看哪里。

“森渔……”瞿理轻声叫着她的名字。

“我说了我不想去！不要你管！”森渔有些说不出的烦躁，情绪冲撞之下她声音猛地拔高。

“为什么？”

为什么？为什么呢？森渔心中也不明白，她一向自由散漫，到哪里都是随性而至，但是现在，她不想离开潍城，或者说她不想离开这个人，她已经习惯在这个人身边的日子。这么想着，森渔意识到刚才吼了他，他不会生气吧？

她小心翼翼地抬眼看了看瞿理，他神色如常地坐在那儿，盯着桌面不知道在想什么。

那一瞬，森渔又有些泄气。

她不理解自己的态度，到底想看到瞿理怎样一副表情，他没有因为自己的坏脾气生气难道不应该高兴吗？为什么现在心中看他毫无影响的样子，胸腔传来一阵挤压感，闷得她的鼻子都有些酸。

气氛冷到了极点，三个人都不再说话，钟楚江的视线来回在两人身上逡巡，心中有一种不好的预感。

“对不起。”森渔的声音细如蚊蚋，“我不该凶你。”

“我不介意。”瞿理瞪大了眼睛，难以置信地看着森渔，心中忽然有一种感觉，她其实也在不知不觉之中慢慢长大。

森渔歪着头提议：“不然，你陪我去找愿灵吧。”她伸手过去抓住了瞿理搭在膝盖上的左手，“你陪我去我就去，我不想和你分开。”她说完这句之后心情豁然开朗，心中的滞闷一扫而空，取而代之的是忐忑。

瞿理看着对面安静地喝着茶水的钟楚江并没有反对之色，轻轻抽出被森渔抓住的左手，努力忽略脸上的灼烧感：“好，我陪你去。”

森渔感受着覆在发顶的手，反应过来瞿理说了什么之后，心情也跟着雀跃起来。

而这边的瞿理，表面上不管再怎么云淡风轻，嘴上说着不在意，心中也还是不好受。

任谁被一个自己真心真意对待的人说不要你管都会失望吧，那种被嫌弃、被排除、被厌恶的感觉……

但是现在，瞿理看着面前听到自己回答眯着眼一脸满足的森渔，心又是那么绵柔。

他第一次知道，这个世界上真的会有这么一个人，她就像春风润雨，翩翩而至。

然后张开她的双手，温柔地为他拂去心中所有的戾气。

钟楚江走的时候，瞿理送他下楼。

在最后一级阶梯上，钟楚江突然停下，静默之后倏地转过身，脱口而出："瞿理，你知道你其实……"

"钟伯伯，我就送你到这里了。"瞿理急急地开口打断他。

他其实已经知道钟楚江想说什么，只是现在脑子有些乱，有些事还没有想清楚，于是连忙打断了钟楚江的话，而钟楚江没有说出口的话也像是一根卡在喉头的刺，就这么堵在了嘴里。

钟楚江笑了笑，假装没有明白他这么做的意图，但是心里也确实涌起一股难堪还有酸涩。

"瞿理，我不是来强迫你改变什么的，我只是想告诉你，你是我们钟家的人，如果你想……"

瞿理攥着拳头，指甲深深地嵌入掌心，他竭力忍耐着心中的愤怒。

钟楚江还在说着，他说的每一句都让瞿理的脑海里回响起记忆中那个看不清模样的男人所说的“是他们不要你”“是他们抛弃你”的话。

两种声音在脑海中交织着终于绷断了那一根神经。

“那为什么当初要遗弃我？”尖锐的话语，眼睛里射出来的森森光芒就像一把利刃划开了温和的表象，他不知道该相信谁，不知道谁说的才是真相。

钟楚江哑然张着嘴，喉头滚动着，最终叹了口气：“不管你相不相信，你的父母，甚至是我都从来没有想过要遗弃你，因为十几年前发生的一个意外，我们找到了一具烧焦的尸体……”声音有些哽咽，像是又想起了那触目惊心的一幕，“因为那具尸体上有你一直戴着的护身符牌。”

钟楚江从外套的口袋里掏出一块银牌递向瞿理，上面有焦黑的痕迹，隐约还有几个明显被高热熔化得模糊不清的祝祷词。

“所以……我一直以为你已经离开人世了……”钟楚江没有过多地辩白，他只是平静地叙述着过去发生的事情，而他唯一后悔的就是为什么会相信了那就是瞿理。

钟楚江说完，气氛又开始僵持起来。

瞿理的心中也有所触动，他觉得他已经分辨不清事情的真相，就像是分不清傍晚和黎明的天色一般，那些存在于脑海中的记忆还有十几年累积下来的孤独，他一直以为是真相的事实现在要全部被推翻，这不是一件容易的事。

依仗着回忆独自生活了这么久，连自己都不敢置信，而他无法反驳自己心中对钟楚江说的那些话的触动，他下意识地就想要去相信了。

就这样，他被忐忑笼罩，他的思绪混乱，自己和自己不断地互相拉扯，一时左一时右，摇摆不定，辗转沉浮在汹涌的惊涛骇浪之中。

钟楚江看着瞿理瞬息万变的神色，知道他一时不能接受，状似轻巧地转移话题。

“好了，不说这些了，我会尽快安排你和森渔去琼帛，你和森渔……”钟楚江有些犹疑，尤其是见过刚才那一幕之后，森渔对瞿理的在乎，已经大大超出了他的预料，是好是坏，他无法准确地预料。

瞿理紧抿着唇，一言不发地等着钟楚江继续说下去。

钟楚江叹了口气，有些力不从心的感觉：“瞿理，你答应我，你会竭尽全力帮助并且保护森渔，好吗？”

瞿理牢牢地攥着拳，感受到面部肌肉都紧绷起来，他的眼睛里有种很深邃的东西，他深深地看着钟楚江。

“我会的。”心中烦乱不已，他仍是郑重承诺道。

火车轨道在地面上交错着，杂乱的野草在两边肆意生长，一辆火车稳健地行驶过来。

“轰隆轰隆——”

火车与车轨行进间的摩擦和震荡透过车厢传递进来，节奏单调又规律，瞿理看着趴在枕头上偶尔抽动一下耳朵的森渔，知道她睡得并不安稳，手轻轻地抚过它的头顶，顺着黑色的皮毛一下一下地安抚着。

瞿理躺在卧铺的床上，感受手掌下的温热，重复着单调的动作，眼睛定定地望着车厢顶部。

三天前，钟楚江找到他，委托他陪同森渔一起去找曾经的有缘人身上残留的森渔的愿灵。

钟楚江说：“这是一件即使去做了也不一定有结果的事情，而且有缘人身上还存在愿灵也只是一个猜测，一切要等到你们遇见了那些人才知道。”

在瞿理的心中，衡量一件事情该不该去做的标准，只有值得和不值得，在陪伴森渔去寻找愿灵这件事情上，他觉得哪怕有万分之一的可能也值得去做，因为如果不去做的话，连这一点可能都没有。

森渔感受着脑袋上的那只大手，舒服得浑身都开始放松，瞿理看着她胡须轻轻地支在两侧，觉得很可爱，他自己没有反应过来的时候，伸手抓住她的胡子轻轻地挠了挠，森渔察觉到胡子上的异动，掸了掸胡子悠悠转醒。

那一双浅色眸子还带着没有清醒的水光，迷迷蒙蒙地望着瞿理，他有些不好意思地低声说："不好意思啊，把你吵醒了吧。"

森渔眨巴着眼，习惯性捋过胡须舔了舔，然后就开始好奇地打量着四周，从上火车到现在她就一直在睡觉，这个陌生的环境引起了她的好奇心。

他们的位置是在上铺，森渔从瞿理的身上踩过去，趴在床沿探头探脑地打量着车厢，下面两个床上的乘客正蒙在被子里不知道在干什么，和瞿理对面的床铺是森渔的，钟楚江为了方便也给森渔买了一张，但森渔最近为了修炼一直就是以黑猫的形态，瞿理只好把森渔带在身边，上车之后也是能藏就藏。

现在到哪里了？森渔仰起头望着瞿理在心中问道。

"下午才会到琼帛，你还可以睡一下。"瞿理压低声音说，这一次他们的目的地就是琼帛，森渔来潍城之前生活的城市。

我想去透透气。森渔觉得车厢中充斥着乱七八糟的味道，让它有些头昏脑涨。

瞿理抱着森渔，尽量躲避着车厢中好奇的视线来到了两节车厢的连接处，窗边有一个男人正依靠着车厢在右边的车门旁抽着烟，瞿理抬眼看了他一眼，转身去了左边。

正好一辆火车与他们所搭乘的火车擦身而过，传来接连不断的“哐哧哐哧”的声音，森渔踩着瞿理的手臂探着身子透过玻璃好奇地向外探视着，她不经意间伸出来的爪子时不时钩住他的衣服。

瞿理心中好笑，想着森渔应该是从来没有见过火车，心中有一种奇怪的感觉，让他鼻腔有些莫名酸涩。

他站直身体，面对着车门，抓紧了森渔的爪子：“你小心一点，别摔下去啦。”

他没有注意到他的声音异常温柔。

“喵——”

——我知道啦！

森渔仰着头不甘示弱地表达自己的不满，坏心地把爪子伸了出来，状似不经意地在瞿理身上抓了一道道红印。

“嘶——”瞿理倒吸着气，蹙眉看着森渔，假装要撒手把森渔丢下去的样子。

没想到森渔比他更快，一把抱住他的小臂，像一只树獭抱住树干那样，一边还抬脸得意扬扬地看着。

瞿理看着她那得意的小模样，心中那种酸涩一扫而空，柔软成一片。

2.

“扑哧——”

身后骤然响起一声轻笑，瞿理抬头看向那个陌生男人。

那个男人看见一人一猫都盯着自己，脸上的笑容也禁不住收敛了些，察觉到自己的失态，连连挥着手道：“不好意思。”

瞿理这时候才想起这里一直有陌生人在，于是将森渔抱回怀中：“没关系。”

“你的猫很通人性。”正当瞿理转身要离开这里的时候，那个男人突然出声。

森渔从瞿理的两条手臂的空隙间看向那个男人。

很奇怪，森渔感受到一种说不出的力量在吸引着她，驱使她想要靠近眼前这个陌生的男人。

那个男人注意到他们的视线，大方笑了一下，稍稍走近一些，在还有一米距离的地方停下。

瞿理记得以前在书上看到过，一米这个距离是一个适合和不太相熟的人来往，又让人不那么抗拒的距离，但是男人靠近的举动却让瞿理很没有安全感。

“我能摸一下这只猫吗？”他忽然开口询问。

瞿理警惕地看着他的眼睛，看得出这个男人在尽力表达善意，但是瞿理还是冷淡道：“我的猫比较怕生。”

男人了然地笑了笑，并没有在意瞿理言语中的疏离，语气越发和善："你别误会，我叫张謇，我只是觉得你的猫和我很久以前见过的一只猫很像，也非常通人性，所以有点好奇，绝对没有恶意。"

闻言，瞿理瞪大了眼睛望着面前的张謇，张謇从外貌上看大约是三十出头的样子，看起来就是很和善健谈的人。

"说起来很巧，我记得我见那只猫的时候也是在火车上。"张謇像是想起什么有趣的事情，咧嘴一笑，然后突然又沉默下去。

"那一天，是我人生之中最灰暗的一天，至今我还清晰地记得那时候的心情，我看着阳光从乌云的缝隙中漏下来，但是心中却很绝望。"他的声音有些沙哑，眉头也皱了起来，"那一天，我跑了一天的业务回到公司之后，得知自己已经被解雇了，就连薪资都被扣……"那一天发生的一切他记得很清楚，那么深刻，导致回忆起来常常恍若昨日。

也许生活就是这样，当糟糕的事情发生时，坏运气也都像倾闸的洪水一样呼啸而至。

张謇就是这样，在经历了被解雇后，又因为交不起房租被房东赶了出来，他是一个人外出打工，本想着赚够钱以后就和交往多年的女朋友结婚，但是一切都被打破了。

那天也是女友的生日，其实他早早就买好了晚上的票，原本是打算给女友一个惊喜。

他想象过很多场景，他会像一个浪漫的绅士，捧着一束她最爱的花，得体地敲门，在开门的一瞬间将花送到她的面前；或者是故弄玄虚地将花藏起来，在一个拥抱之后再献至眼前给她一个惊喜……

光是想想就让他的内心忐忑，仿佛那扇门就在眼前一样。

他想了很多，却远没有想到那一种……

他捏着那张发皱的车票，在候车厅角落的座位一坐就是一下午，空气中的尘埃就在那一瞬间显现在阳光之下，笼罩着他像是漏了一个洞的心。

候车厅里的人来去匆匆，每一个从他身边走过的人，都使他荒芜的心上刮起飓风，他在这阵风中飘零无依，如坠梦里。

那么狼狈……

他是这世界上最蠢笨的人，滞留在这个最没有归属感的地方，眼睁睁地望着电子荧幕上绿色的候车字迹出现，直到变成红色……

他挪不动脚步，他不敢去见她。

这样的状态一直维持到最后一分钟，在进站口的工作人员将要关上冰冷的闸门时，他冲进了检票口。

他赶上了火车，他跌坐在车厢的连接口，大汗淋漓，像一只脱水的鱼，瞪大眼睛盯着某处，呼哧呼哧地喘着气的样子，显得狼狈异常。

直到下车的时候，他依然是保持着一种灵魂出窍的状态。

“……直到下车的时候，在我现在站的这个位置，”张謇煞有介事地踩了踩脚下的金属地面，示意给瞿理看，然后接着继续说，“说起来，你可能不信，我看见它在那儿，站在站台的墩柱边，一只浑身发着白色光芒的猫，一只浑身发光的黑猫，和你怀中的这只真的很像，那么显眼又那么隐秘，真的很神奇……”

听到这里，瞿理不由自主地绷紧身体，竖起耳朵听着他说的每一句，手也不自觉地搭上了森渔的头，他信，因为他第一次见到森渔的时候，也是如此。

他怀中的森渔也是目光奕奕地盯着眼前侃侃而谈的男人，他说的是自己吗？森渔不敢确定，因为她的记忆是那么贫乏。

“那是一只九尾猫。”说着，张謇自己都有些不敢置信地笑起来，事后，他曾因为不敢置信查过一些资料，得知了那是存在于传说之中的九尾猫，“她说我是她的有缘人，她能够实现我的愿望，我希望她能让我的女友开心地过一次生日。”

森渔听到这里，几乎是立刻就想起了眼前这个有缘人当初的样子，双眼无神，一身凌乱，眼眶通红，从上到下都是焦虑。

——看起来蠢死了。

这是那时森渔的内心想法。

其实森渔不明白张謇为什么会许那么一个愿望，在她看来，张謇几乎已经无路可走，他完全可以要求更加现实的东西，比如钱，比如一份体面的工作等等，毕竟他是有缘人，有权利选择。

“你们是不是觉得我很蠢？”他用像是害怕惊扰到旁人一样的语气喃喃继续道，“但我当时就是那么想的，我很爱她，我希望在我落魄成一摊烂泥的这一天给她一场美梦。”

张謇笑得眼神灿灿，脸上有一种不切实际的温暖，他没有告诉他们，在回程的火车上，他哭了。

在车厢两节的交界处，胃部像是被一只手紧紧地攥住那样难受，他的手里捧着一盒蛋糕，那是女友临行前塞给他的，他哽咽着蹲在那里。

在蛋糕香甜的气息渲染下，他的心涩得不像话，他泪流满面，委屈得像个孩子。

就是那个时候，张謇发誓，这辈子他一定要活出个模样，给他最爱的女人一个家。

来往的人看着他的眼神，像是看着一个来自外星的不明生物，经过的时候远远地绕开他，怕他是什么可怖的病菌，时不时还回头张望一下这个一边流着眼泪一边大口往嘴里塞着蛋糕的人。

他们不明白，哭着吃饭的人，是有足够的勇敢走下去的。

火车还在继续前行，“轰隆轰隆”有条不紊。

张謇到站下车了。

临走之前，森渔破天荒地主动靠近他。

张謇的手没有瞿理那么修长和细腻，手掌上布满厚茧，甚至让森渔有些不舒服，但是他宽厚的手掌滚热炙烫。

“谢谢你。”张謇走之前亲昵地靠着森渔这么说着。

森渔不清楚张謇是不是已经知道了自己就是当初那只黑猫，还是他想借由一只相像的黑猫表达他无处诉说的谢意。

但是，这些已经不重要了，森渔看见在他转身的那一瞬间有一团愿灵显现，划过一道虚影极快地落回了她的身上。

张謇走了之后，他们并没有离开，森渔趁没有人注意的时候溜进了厕所变幻成了人形。

已经傍晚，他们分别背靠在两端的箱壁上，有夕阳透过椭圆的玻璃窗投射进来，轻柔地搭在森渔的脸上，将她浅色的双眸染成醉人的霞色，像是远处橙红色太阳渲染下的天空。

“当初我有跟着那个人过去。”森渔忽然望向窗外轻轻地开口，“虽然以前也有一些人许过在我看来特别没有意义的愿望，但是那一天我突然想跟过去看看。”

在森渔的心中，每一个有缘人许下的愿望对她而言都是无意义的，但是，这些愿望，相对于有缘人则显得更无意义。

她知道，当一个人走到绝境的时候，心中会有上千个愿望排着队想要被实现，也会去千万次地乞求向来不太相信的上苍，那时候他们的心中全都是愿景。

即使没有走到绝境的人，他们也有许多奢求，一个愿望怎么够?

而当这些人成为有缘人的时候，那些隐秘的、荒唐的、可笑的、贪婪的、肮脏的……他们心底那个真实的自己就会比山洪暴发还要恐怖，并迅猛地在她面前显山露水。

在她看来，当时的张謇已经走到了绝望的尽头，但很奇怪的是，张謇许下了一个让她看起来很可笑的愿望，就像过去许多人一样。

那天她忍不住跟着他走，看他像个白痴一样在门口徘徊许久，拍着衣服上难以消除的污渍，整理着凌乱的头发，让他自己尽可能体面，但是他不知道他的女友因为愿灵的原因看不见这些，他的女朋友眼中只有一个体面的他。

门开的时候，他女朋友的声音遥遥地传了过来，是一个很开朗的女人。

森渔蹲在一旁花坛的灌木丛中，看着那个女孩就像一只翩翩飞舞的蝴蝶扑至张謇的怀里，在烟花炸开的璀璨下，那个女孩满含着热泪，盈盈地看着同样红了眼眶的张謇。

她说："我爱你。"

"我也爱你。"

那一刻，失去愿灵的躁动被安抚了，但是森渔的心中忽然就空了，莫名弥漫上了失落。

她黑色的身影攒着一身萧条离开了那个弥漫着欢笑的地方，只有身后簌簌的灌木丛声响证明她来过。

"瞿理，你知道爱是什么吗？"

很难想象一只从来都是不谙世事的九尾猫会去思考这些问题。瞿理看着眼前的女孩，她的眼睛里像是盛着一湖波光粼粼的水，在夕阳下荡漾着暖色的碎光。

那么赤诚，那么坦荡……深不见底。

"爱啊，就是……"

这个问题把瞿理也难住了，他发现语言的浅薄不足以去把这个字眼所表达的意义完整地诠释出来。

他不知道森渔说的是哪一种爱，也不太确定森渔能够听得懂，于是决定挑最贴合的意思解释："你还记得，以前我问过你为什么要替人圆愿吗？"

"嗯，我记得。"她双手背在身后，轻轻地点头，眼睛里的湖面开始荡漾。

“记得那时候我告诉你，是因为九尾猫的善良，实际上这种善良就是来自于你心中的爱，所以你才会在看到他们在一起的时候那么难受，你的爱使你悲悯，你的悲悯使你善良，而这种善良就是一种爱的体现。”瞿理尽量浅显地说着。

“一种爱？还有别的爱吗？”

“有的，还有对山水、对家乡、对父母、对朋友，还有对你的爱人……这些都是爱。”

“我好像都没有，”森渔说完就顿住了，头埋得很低，“我不知道家乡在哪儿，父母……我只有在梦里感受到它给我舔过毛，然后好像也没什么朋友……”

她断断续续地数着，抬起头不经意间看到在提到父母的时候瞿理的眼神明显一晃。

“瞿理，你还记得你的父母吗？”

森渔记得钟楚江和宋致谈话的时候说过瞿理可能是钟家的孩子，那天钟楚江来瞿理家的时候也是欲言又止，但是她能感受到钟楚江一直徘徊在瞿理身上的视线。

“我也不记得了。”瞿理苦涩一笑，他曾经在每一个月朗星疏的夜里向上天祷告，让他的父母能接自己回去，但是日复一日，伴随他的都是恶意的冷嘲热讽还有冰冷的墙角，那时候他也不相信自己被父母遗弃的事实。

而对于钟楚江来找自己这件事，就是触发他心中长年累月累积的委屈还有怨愤。

千万个冰凉悠长的夜晚，又怎么是一句对不起能够抚平的？

就在瞿理胡思乱想间，森渔悄悄地靠近他，一只柔软的手轻轻地盖上了他的眼睛。

“都过去了。”

她的声音，就像是失眠辗转的夜里，宛转悠扬的安魂曲，那么悠然，那么柔和，温柔的旋律有一种温柔而坚定的力量，足以让在黑暗中迷途的人找到他安身的地方。

她说，都过去了。

森渔感受着手心突如其来的湿热，像是被烫到一般想要抽回手，瞿理比她更快，双手重重地将她的手压回面上。

“别，就这样，一会儿就好了。”他的声音很沙哑，“不想被你看到，太难堪了。”

说完，他深深地呼吸两下，直到胸膛中传来一股胀痛才缓缓地呼出气息。

森渔感受到他的变化也开始慌乱起来，有些懊恼自己的莽撞。

刚才瞿理的那个眼神印在她的心上就像一根刺一样，在本能的驱使下，她突然想说些什么，但是现在……

她手足无措，眼睛也跟着酸涩起来，心中又生出那天钟楚江让她独自离开潍城时的苦闷感。

她伸出另一只手轻轻地环住他，拍着他的背。

“都过去了，会好起来的。”

她反复重复着这两句话，她是那么拙于表达，所经历过的漫长岁月之中没有真正属于她的美好记忆，所以现在才会如此依赖不愿离开。

从来没有经历过不算什么，得到了但是又要失去，才会更显得弥足珍贵。

她的手心逐渐从湿润到干燥，等到瞿理将她的手放下的时候，他已经平复过来。

“你没事啦？”森渔靠近瞿理盯着他的眼睛，还有一些红。

“你知道你刚才吓死我了！”她不满地抱怨着。

瞿理脸上泛起可疑的红晕，他也觉得丢脸极了，但是他的心里变得非常非常柔软。

“谢谢你。”

“没事就好。”她大方笑着说，透着一丝傻气。

“对了，你刚才还没有说完。”她突如其来的话，让瞿理一时间没有反应过来。

“对爱人的爱,还有对朋友的爱啊！”森渔看他一脸迷茫,解释道。

森渔靠他非常近，看着瞿理仰头苦思冥想的样子，嘴角慢慢地弯成了月牙的形状。

“而爱人的爱嘛，”瞿理眉头不由自主地皱起，“我会愿意做任何事，只要能够陪在她的身边。”

瞿理不知道爱上一个人是什么感觉，但是他觉得自己爱上一个人的时候应该会想要和她一生一世走下去吧。

“如果是这样的话，我发现……”森渔脸上有一点苦恼，一点严肃，只见她思索半晌，坚定地抬起头来，那一湖水面像是被什么搅乱一般开始不安地晃动。

“瞿理，我好像爱上你了。”

瞿理闻言，瞬间呆若木鸡：“你……你，我……”

“你怎么了？”森渔完全没有意识到自己说的话有什么不对，反而对瞿理的反应有些不理解。

“我？我……”瞿理脑袋里像是被灌了糨糊，瞬间失控，他强迫自己冷静下来，告诉自己森渔甚至不知道爱是什么，这是表达朋友之间的喜欢，不是表白，“你这是对朋友之间的喜欢，跟对钟暮思的是一种……”

“不是，我对你不是对朋友的爱，是你说的对爱人的那种，我想和你一直在一起！”森渔打断他，认真道。

可能是太过惊讶，瞿理反而冷静下来：“你为什么会爱我？”

“为什么不能爱你？”森渔反问，她不理解瞿理的意思，“你不爱我吗？”

瞿理完全被森渔不按套路出牌的举动打乱了，瞠目结舌地支支吾吾许久，说不出一句话来。

“你不爱我吗？”森渔睁圆了眼靠近瞿理，看在眼里有种期期艾艾的感觉。

“爱，但是我不确定你的爱是哪一种，也不确定我的爱是不是那一种……”瞿理像是投降一样忽然泄了气，沉声说完之后，心中又开始擂动起来。

“这样啊。”森渔的语气中难掩失落，轻轻地退回箱壁上，安静地看着窗外的风景。

瞿理鼓噪的心还没有平静下来，有些哑然地看着她平静无波的双眸眺望着远山，这样的情况完全出乎他的意料。

他的预料之中，应该是什么样呢？

瞿理意识到这一点，心一沉，发现其实他自己也不知道自己到底希望森渔是什么样的态度。

却总觉得不应该是这样，至少不应该只是这样就结束，好像，少了点什么？

是什么呢？

就在他蹙眉深思之际，静默的森渔忽然开口："等你确定了，一定要告诉我。"

类似叹息的声音，随着倒退的影像消逝在风中，就像它来的时候一样，悄无声息。

第八章

YUAN
LING

愿 灵

1.

直到下火车的时候，瞿理还是没有想明白到底少了什么，而森渔在那之后不一会儿就因为疲惫变回了小黑猫。

瞿理看着怀中睡意沉沉的森渔，啼笑皆非。

这个小家伙，在给他出了一道难题之后就不负责任地睡着了，只有他在苦恼。

瞿理心中有些不平衡，坏心地挠了挠她的鼻尖，看她颇有些不舒服地在自己的手臂上蹭了蹭又安稳睡下的样子，瞿理不住地笑着。

“丁零丁零——”

手机铃声响起，应该是钟楚江为他们联系的旅店，看着怀中的黑猫不耐烦地蠕动，他连忙接了起来。

“你好，我是久九旅店的负责人，我叫安然，请问……”

在和旅店的负责人约好碰头的位置后，十分钟后他们终于会合。

安然在电话中就听出对方声音中的稚嫩，在接到瞿理后更是惊讶，但她仍然很客气，脸上一直保持着微笑：“我现在就带你们去旅店。”

“谢谢。”瞿理习惯性看了一眼对方的眼睛，确定了眼前这个女人无害之后坐上了她的车。

“你是来这边玩的吗？我们琼帛有很多国家级旅游景点呢。”瞿理看着驾驶座那个三十来岁的女人脸上发自内心自豪的笑容，也渐渐地放松下来。

“是的，听说这边风景好。”

安然是一个很健谈的人，不停地向瞿理介绍着琼帛。

夜幕降临，城市属于夜间的繁华紧跟着华灯初上在这夜城显山露水。

车窗外霓虹斑斓，喧嚣声不断传来，瞿理颤颤巍巍地伸手想要抓住那黑色皮毛上的光点，却在将要触及的那一瞬间，跃然至他的手背上，他翻过手来将手握住，那光斑却还是顽固地贴在他最显眼的皮肤上。

恍惚间，他想起在火车上的森渔，明明白白的内心全部盛进了那双澄澈的眼睛里。

“你爱我吗？”

这些都是很美好，却抓不住的东西。

他想说——我所经历的时间还有万物，他们都不像你这样，坦白到可怕，喜欢就要告诉他、想要就去争取，可能就是这样，我才不得不想将你珍而重之，但是，每当你眼含热切地看着我，我更加知道我不可以这么做。

瞿理其实比森渔更早地认识到他的感情，但是自从森渔拒绝独自出来寻找愿灵的时候，他知道事情不再是那么简单了。他的认知里森渔是一只把修炼成九尾猫当作毕生目标的，一心修炼已经成为她的任务，但是现在自己俨然已经成了她的牵绊，如若有一天，森渔得偿所愿，那么然后呢？瞿理不敢去想。

就在瞿理沉浸在自己的思绪中时，旅店已经到了。

是一个很小的店面，一扇向内打开的门上挂着一张半人高的棉麻门帘，上面绘着一只逗球的黑猫，在经过的时候能摸到上面突起的细致花纹，瞥见门帘的右下角有一个飘逸的隶体九字。

瞿理的心中有一种怪异的感觉，不会这又是跟九尾猫有关吧？难道运气这么好？

掀开帘子之后，瞿理哑然地看着里面的景象，不大不小的院子里放置着一把藤椅，还有个木制的小圆桌，院子里摆满了红色花盆的绿植，木制的古典门窗上铺着整齐的青瓦，第二层最外沿是一道走廊用一扇参差不齐的栅栏围住，在暖黄色的灯光映衬下显得温馨无比。

“阿九——阿九？阿九出来啦……”

正在打量着院子的瞿理，被这个声音打断，就看见那边的走廊走出来一位穿着白褂子的老奶奶，正在四处张望，脸上有些许急切：“阿九啊……”

“妈，又在找阿九啊，”安然连忙上去将老人扶住。“

小然啊，你回来啦，阿九又不见了。”

老人见到安然，脸上瞬间就展开了笑容，紧接着又想起了什么，转眼间就有些泪水涟涟，抓着救命稻草一般紧紧地抓住她。

“哎呀，妈，阿九在你房里呢，”安然好笑地掏出手帕笑着将老人脸上的泪水擦去，一边哄道，“我出去的时候把它关在你屋子里咯，不信你要小哲带你回去看看啊。”说着，安然朗声将前台那个隽秀的小伙子招来，搀着一直念叨着“好好好”的老人离开。

安然看着他们离去的背影，重重地叹了口气，转过身来脸上又是一副笑盈盈的样子，但是眼眶好像也有些红红的痕迹：“见谅了，那是我的母亲，她有阿尔茨海默病，每一天都在找那只猫。”

“没关系。”

“你抱的这是什么品种的猫啊？”因为母亲的缘故，她也是见过不少猫了，但是像他怀中这样浑身墨黑的确实很少见。

“我也不清楚，这是一位长辈托我照顾的。”他有些抵触地用另一只手将臂弯中的森渔盖住。

看着瞿理神色淡淡的样子，安然有些悻悻地领着他向房间走去：“你别怪我多嘴啊，是因为我母亲她总是找猫，我们养了许多的猫，但好像都不是她要找的那一只……”

“这就是你的房间了。”房间里也十分简约，清一色都是木制家具，还有一些棉麻制的装饰品，“有任何的需要随时可以联系我们。”

怀中的森渔还在睡，瞿理小心地将森渔放在床上。

今天一天都是在奔波中度过的，多少都有些疲惫，洗漱后，瞿理躺在床上，侧身弓起身子看着安稳地缩成一团的森渔，嘴角不知不觉地勾起一抹笑容，脑海中浮现起认识森渔至今的点点滴滴，不由得感叹着命运的奇妙。

睡眠是一个漫无边际的黑色海洋，森渔在其中舒展四肢漂浮着，有一只干燥温暖的手掌在她的身上轻柔摩挲着，恍惚间，一种清爽的绿色植物气息悄然包裹在她的全身，那是瞿理的气息，有什么温软的东西在她的额角轻轻地碰了碰，紧接着悄然离开。

清晨的阳光透过玻璃窗洒进室内，温暖的感觉唤醒了一夜好眠的森渔，她睡眼惺忪地环视着周遭的环境，这不是那个熟悉的屋子，看着面前瞿理放大的脸忆起了昨天发生的事。

她感受着身体里明显充裕许多的愿灵，一种后知后觉的狂喜充斥着她的胸膛，没想到是真的。

森渔兴奋地在床上蹦跶着，最后直接趴在了还沉浸在睡眠中的瞿理身上，看着眼前那张安静的面孔，那颗不安躁动的心，前所未有地慢慢归于平静。

瞿理从睡梦中转醒的时候，感觉胸口像是被什么压住呼吸都不如往常顺畅，迷迷糊糊地睁开眼就看见这一幕，森渔眼巴巴凑近来的脸，还有那圆溜溜的眼睛近在眼前。

“嗯？你今天不要睡吗？”瞿理脑袋还有一些木木的，声音中也有浓浓的鼻音。森渔忽然觉得他这样的嗓音十分性感。

瞿理托着森渔将她举在面前。

森渔迫切地想要和他分享自己的喜悦。

“你恢复了啊。”

瞿理将她明显比前几天活跃的状态看在眼里，心中也庆幸这一趟没来错：“有用就好，知道有用，接下来咱们找起来也有动力。”

——按这个速度，我不用多久就可以八尾了，到时候我可以把愿望给你！森渔还记得第一次见到瞿理的时候，瞿理是有缘人却没有许愿的事情。

“如果我不是有缘人呢？”瞿理心中有些动容，一向将八尾看得比什么都重要的森渔居然会说出这样的话。

——那也没关系啊，不就是要修炼久一点吗，我没在怕的，你放心吧。

“你不是很想九尾吗？”

——这么久了都没有九尾，哪能说来就来啊，还是给你许愿吧。

——喂，我可是难得主动给人圆愿呢！

“感动死了。”瞿理笑呵呵地揉着森渔的头，虽然表面上不显，但是他的心中确实是被森渔触动了。

瞿理走到洗手间打算洗漱，森渔站在他的身后端坐着，瞿理正要脱衣服的动作蓦地顿住，想起了昨天森渔的表白，当下就有些不好意思起来。

但是森渔读不到他的想法，看着他一脸复杂地看着自己又不懂什么意思，偏着头奇怪地看着他。

瞿理尴尬地站在那儿，有些无奈地看着森渔，暗骂自己想太多，森渔是只猫，就算活了千百年有人形也是一只人形猫，连爱是什么都不知道的小家伙大约也是不懂这些。

“非礼勿视啊！”瞿理小声念叨着，心一横，算了，反正她也不懂，就当她是一只猫吧，于是便开始换衣服。

森渔并没有听清那句话，就看到瞿理的衣服已经被他扔在一旁，白净的胸膛、细瘦但是结实的腰……她顿时有些不知所措。瞿理始终有些不好意思，转身背对着森渔，森渔觉得脸上似乎要烧起来了。

“喵——”的一声，她跑到阳台上去。

瞿理闻声看过去，已经不见森渔的身影，心中又是好气又是好笑。

等他终于换好衣服，收拾好心情去阳台上找森渔的时候，却发现本该在阳台上的森渔，不见了！

像是所有的血液都倒灌进了大脑之中，一股寒气顺着瞿理的脊背慢慢地往上爬。

他连忙俯身趴在阳台上向下张望：“森渔？”

没有回应，转身铁青着一张脸向屋外走去……

“你有看到我的猫吗？”瞿理在院子里找遍了都没有发现森渔的踪迹，想起昨天的前台小哥，他忙不跌地找过去，瞿理激动地一掌拍在吧台上，发出巨大的声响，将吧台后正在打哈欠的小哲吓了一跳，“你看到我的猫没有？浑身是黑色的，我昨天晚上来的时候怀里抱着的那只！”

“你昨天来得那么晚谁知道你抱着的是什么啊！”小哲小声嘀咕着还是回答了瞿理的问题，“我一直在这里没有看到黑色的猫。”

“你可以去安奶奶那里看看，她也特别喜欢猫，说不定是她抱走了……”小哲看着他失望的样子，补充道。

“怎么了？”这时候，旅店的老板安然正好从外回来，看着吧台前神色各异的两人疑惑地问。

“安然姐，他的猫不见了。”小哲苦着脸说。

“你的猫不见了？”

“我就换了个衣服，猫就在阳台消失了。”森渔不可能会连招呼都不打就走的，难道是那些人跟到琼帛来了？

“你别急，我去我妈那里看看在不在，她啊，每天都在找猫，说不定是被她抱走了。”说着，安然将手中的东西放在吧台上，领着瞿理向另一边的院子里走去。

这个院子与瞿理他们住的院子并没有多大的不同，瞿理瞠目结舌地看着院子里那七八只猫，院子角落有一个红瓦砖砌的矮台，矮台边的竹藤椅上坐着一位老人，就是昨天瞿理见过的那个四处找猫的老人。

让瞿理惊喜的是，老人身前那个小木桌上蹲坐着一个黑色身影，森渔真的在这儿！

“小九啊，你来看我啦！”老人晃晃悠悠的声音轻轻地飘过来。

安然也看到了那只小黑猫，有些窘迫地走过去，埋怨道：“哎呀，妈，这不是小九！你怎么把它带过来了？”

“胡说！”老人忽然严肃起来，呵斥一声，“这就是小九！”

瞿理望着森渔，森渔也看着他，视线交汇，瞿理原本沸腾的怒气渐渐偃息下来。

从森渔的心声中得知，眼前的奶奶身上有愿灵的气息后，瞿理连忙走上前去拦住还要说些什么的安然：“没事没事，是我的猫喜欢安奶奶自己跑过来的。”

安然自然当瞿理说的是客套话，还要说些什么的时候，一旁的安奶奶望着小黑猫定定地喃喃：“我在梦里见过你啊，你可真漂亮啊，跟我家小然一样……”

一旁的安然在听见这句话的时候，动作陡然顿住，愣愣地站在原地。

“虽然那时候我没有亲眼见到你，但是，我记得你，多亏了你我才……”

那边的安奶奶还在絮絮叨叨地说着，这边的安然撇过脸走到一边，瞿理跟过去的时候却发现她早已经泪如雨下。

等到她终于平静下来，她肩头不断上下浮动深呼吸：“我知道很不好意思，但是我请求你让你的猫暂时留下，等我妈睡着了我就给你送过去，好吗？”

瞿理轻轻地点了点头。

安然见状终于笑了：“谢谢。”

“其实，我妈是因为我才变成这样的……”安然不知道为什么，突然就很想找个人倾诉，那件事压在她的心上太久了，“她说的是我大学时候发生的事情，我父母是很朴实的，但是那时候的我却极其幼稚还有虚荣……”

瞿理安静地听着面前这个女人的忏悔，映衬着一边那个头发花白的老人不清楚的呓语，心中的苍凉冉冉而生。

有一只手，揪着瞿理的心脏，随着安然的叙述，那只手揪得更紧一点。

他只是有些难受。

那是一个没有狗血来渲染的故事，故事的每一个字节都氤氲着平淡，但就是这样一个故事，却让瞿理想起了自己。

安然是老来子，安母对她的期望很高，唯恐将来女儿没有好前途，过得像他们一样清贫。这是那个年代老一辈的通病，自认为对子女好其实不是安然想要的，安然被塞进了寄宿学校，渐渐地就与家人陌生起来，上了大学之后，来自各地的女孩都是花枝招展，渐渐地，安然也开始迷失自己。

安母已经老了，常年的操劳让本就不年轻的她看起来就像是安然的祖母一样，老得很难看，安然不让她去学校找自己，嫌丢人。

“当时，我的内心已经完全被那些光新亮丽的生活占据，每一天披着崭新的外壳就是我的全部，而物质匮乏让我觉得羞耻，一种是物质上的贫乏，另一种是心灵上的残疾，那时候我得了这种虚荣病。”

往事在回忆之中翻涌，现在已经近午时，强烈的阳光照在她的脸上，她的面容在金黄色的光线中显得沉静，她的面容早已经不再是少女模样，岁月使她沉淀，连同那份过去将近十年的回忆，完好无损地保存着，她一闭上眼就能回忆起当时的悔恨还有羞愧。

那一年的夏来得很早，燥热的席卷也比往年要迅猛，她永远忘不了那天，舍友们纷纷有事离开了学校，下课后她一个人回到宿舍的时候，看见累倒在冰冷地面的安母，那个简单直白表达爱意的母亲总是喜欢给她带一些家里做的一些零嘴，但往常都是放在楼下就走了，因为安然说过不希望她来找自己。

安然记得那一天，她哭得很厉害，对于安然来说，那些因为年轻而犯下的错，像是横空而至的一束荆棘，毫不留情地抽在了她心尖最柔软的地方。

而也正是因为年轻，那些伤口会显得特别狰狞。

“现在我才知道，那些所谓的虚荣，比不上我在父母面前原形毕露的羞愧。”

瞿理听见安然这么说着，声音中有轻微的颤抖。

听至此，瞿理的脑海之中忽然想起一句话：“如果你感觉岁月静好，一定是有人为你负重前行。”

2.

“每一个人来这个世上都是不会爱人的，每个人都在慢慢地体会这种难以理解的感情，有些人学得好，有些人用得差，他们不过是用得差的那种，而当时的我俨然就是没有学会的那种。”安然说到这里，苦笑了一下，“大学毕业以后，我放弃了保送国外留学的机会，因为那时候她已经不记得很多事情了，她宽容了我一辈子，现在轮到我了……”

安然说话的时候，望着不远处头发已经稀疏花白的安母，温柔了语气和神情。

安母坐在藤椅上像是在追忆什么，声音缓慢就像是节日祭酒时的咏叹，悠长绵远：“我听老一辈的人说，承过九尾猫恩惠的人啊，要替它们守住这份福赞，不然的话福气就会散的，他们有需要的时候就会沿着离开的路回来找，万一他们回来的时候看到你们没有替他们守住会失望的……”

说着，老人伸出枯瘦的手，有些吃力地摸向森渔。

瞿理惊讶地看着森渔站起身来跃进了老人的怀里，老人呵呵笑了起来。

老人的手来回摩挲着森渔的头顶，仰起头感受到暖洋洋的阳光，轻声呢喃着："我能够遇见你是一份福祉，人啊，怎么能够恩将仇报呢？你说是不是啊，小九？"

"她自从患病之后，总是找一只叫作小九的九尾猫。"吐尽心事的安然，像是卸下了记忆中最沉重的包袱，重获自由，"但九尾猫是存在传说之中的，给她找来了许多的猫，她虽然很欢喜，却还是接着找小九……时间久了我也就由着她了。"

"安然姐，该吃午饭了！"小哲的声音从院外传来。

安然应了一声，向安母走去："妈，妈，咱们该吃饭了，小九也要回家吃饭了。"

"吃饭啦，小九也要走了啊……"老太太站起身蹒跚着朝外走，却没有放下怀中的森渔，走到瞿理身边的时候，"无论对这个世界如何失望，都不要丢弃内心的慈悲和善良啊。"说完，她将手中的森渔递至瞿理手中，"要好好对小九……"

"妈，走啦，吃饭了。"

"哦哦，好……"老人像是恍然大悟一般点点头。

瞿理看着安然搀扶着老人越走越远，刚才看到安母的眼睛，那眼神不像是神志不清的混沌，反而透露着睿智。

森渔此刻心中也是百感交集，刚才那个老人说的话，每一句都让她有想要流泪的冲动，就像是走过万水千山终于得到了人的承认，那种被理解、被体谅、被认可的感觉。

她有些鼻酸地看着瞿理，以为瞿理会像往常一样安慰自己，没想到瞿理直接一巴掌呼在她的头上："你下次不许乱跑！"

——是因为愿灵啊！

"因为愿灵也不许乱跑！"瞿理看着委屈的森渔，心有不忍，但还是刻意板起脸来。

森渔终于拗不过他，低着头凑近在他的胸前用脑袋蹭了蹭。其实即使之前有过怒气，但是在找到森渔那一瞬已经消散得差不多了，只是他的心中另一种感觉却在日夜膨胀，让他不得安宁。

——你不知道，当我意识到你会消失的那一刻开始到现在，我的心就没有安定过。

这么想着，瞿理最终不忍心地摸上她的头。

就像安母所说的，遇见九尾猫就是一种福祉，圆愿的愿灵在九尾猫身上产生的过程需要消耗大量的时间、精力还有愿景，消耗的都是九尾猫的专注还有耐心，而人获得的却显然轻易很多。

然而像钟家、张謇、安母这样，出于感谢为他们守住愿灵的人，并不多。

但恰恰就是这一点零星的回馈，已经让她感动得鼻酸。

森渔低垂着头没有看到瞿理望向她的眼睛盛满了心疼。

无论外界对于九尾猫的评判如何，无论在别人的眼中森渔是如何的傲慢、任性，在瞿理看来，始终认为森渔的心像蚌肉一般柔软。

在回程的路上，森渔的心中百感交集，这一路上碰见了许多人，距离离开潍城已经一个多月了，她以前从来没有想过自己有一天还会回到记忆快要被消磨完的地方，再看到曾经的那些有缘人。

“人有下辈子吗？”瞿理望着窗外倒退着的景色，漫不经心地突然开口问道。

“我也不清楚，”森渔摇摇头，很久以前有人问过这个问题，“这个愿望是没有办法实现的。”

“你的愿望是想求下辈子的事吗？”瞿理感受到森渔视线中满是疑惑还有不解，他却并不想要解释，有些事情是应该下一个决定了。

“为什么要求下辈子，求这辈子不好吗！你可以说不要看见别人的心声，或者说可以要许多钱啊什么的……”森渔嘟囔着嘴，最后小声说，“再不然你可以说想跟我一直在一起也行啊！”

“森渔，这个世界上真的有修成九尾的猫吗？”瞿理未理会她埋怨的话，问道。

森渔不知道为什么瞿理忽然严肃起来，但想了想还是回道：“其实在人世间生活这么久，我都没有见过已经九尾的猫。”

瞿理想起自己趁森渔睡着的时候去找过安母。

“您知道九尾猫对不对？”

那个老人脸上有种没有血色的苍白，她轻轻地点了点头却并不说话。

瞿理有些急切地抓住藤椅：“您是不是知道什么？您知道九尾猫变成九尾的办法对不对，您可以告诉我吗？拜托您！”

但是，那个睿智的老人只是用枯槁的手摸着他的头，无比爱怜而惋惜地说：“我并不能告诉你变成九尾猫的方法，我只能告诉你，九尾与时间无关、与空间无关、与愿望无关，只与你的心有关……”

瞿理看着老人点在自己胸口的手指，还有脸上的微笑，陷入沉思。

与心有关？

“瞿理？瞿理？”他回过神来，就看见森渔站起来弯着腰，一双手在他的面前晃来晃去，周围的人都是好奇地望着他们。

瞿理连忙将她按回原位，有些恼怒地低声道：“你干什么啊？”

“我看你一直发呆，你在想什么啊？”森渔不死心又凑过来好奇问道。

“你有没有听过嫦娥奔月的故事？”

瞿理突如其来的问话让森渔有些捉摸不透，她摇了摇头。

瞿理仔细地给她讲起了这个神话故事。

瞿理不知道为什么，他相信自己是被眼前这个女孩吸引，但是就像森渔说的那样，在人间从未见过一只九尾猫，那么九尾猫是不是真的存在呢？或者说九尾猫是否存在于人世间，他能感受到森渔对自己的喜爱，但是他也知道森渔对于九尾的决心。

说完故事之后，两个人都陷入了沉默。

森渔隐约有些明白瞿理为什么会说这个故事，她想制止他，让他不要再说了。

“森渔，你有没有想过，也许并不是没有九尾的九尾猫，而是九尾猫都去到了一个你到达不了的地方了呢……”

“你的意思是说，九尾猫九尾之后就会像嫦娥一样飞升上天……”森渔直视着瞿理，“我可以再飞下来！我九尾之后……”

“森渔，我们都不要骗自己了，我们根本不知道九尾之后会发生什么……”就是这样一种不确定让瞿理不敢把自己的感情宣之于口，他深知得到了再失去不如一开始就没有得到。

嫦娥应悔偷灵药，碧海青天夜夜心。

他不想要森渔像那个故事一样，一天一天都在后悔之中度过。

3.

森渔回到钟家的时候已经是傍晚，瞿理并没有提出要陪她一起过去。

钟家陷入一种诡异的寂静之中，连一向让她讨厌的宋致都不在，她拿出电话给钟楚江打了一个电话，却打不通。

森渔皱着眉手指在宋致的姓名栏上犹豫不定，纠结半晌终于按下拨通，可还是打不通，终于她找到钟暮思的号码。

手机里传出一阵忙音，森渔却听见楼上传出一阵手机铃声，连忙循着铃声找到了钟暮思的房间。

钟暮思躺在床上陷入了昏迷，她靠近钟暮思的刹那，闻到房间内有一股浓浓的九尾猫愿灵的味道——是跟在宋致身边的那只猫。

她看着愿灵渐渐消散，将手覆在钟暮思的额角，得知了自己离开潍城后发生的事情。

森渔和瞿理离开潍城后，宋致和钟楚江根据拍卖行得知的消息，也就是愿灵的贩售一事进行了调查，根据蛛丝马迹慢慢地查到是一个名叫段苛的男人。

两个小时之前，一辆黑色的车蛰伏在段苛别墅一侧的马路上。

“按照调查到的地址，就是这里了。”宋致的双手扣在方向盘上，从后视镜中看到同样一脸严肃的钟楚江。

“那我们要……”宋致的话被车头的一阵异动打断，车头上站着一只白色的布偶猫，从车窗外直直地望向车内。

“是九尾猫。”宋致轻声说道。

后座趴在钟楚江膝头的宋时也龇着牙朝着车头的布偶猫发出阵阵低吼。

宋致摸不准这只突然出现的九尾猫想干什么，难道对方发现他们的踪迹了？

在他们还没有反应过来之际，或者说那只九尾猫根本就没有给他们反应的时间，就径直走向了他们。

那层玻璃在接触到猫身的时候就像是被惊扰的湖面氤氲开一圈一圈的涟漪，然后那只猫穿过玻璃，站在了他们的面前！

那只猫浑身发着光，光芒越来越耀眼，渐渐扩大，眨眼之间又慢慢消退下去，显露出人形。

“苏苜？”

后座上的钟楚江难掩神色间的惊诧，他感受到宋时在苏苜进到车内时浑身泛起的轻微战栗。

“好久不见。”苏苜并不理会一边的宋致和后座上那只九尾猫，有些生疏地扯起嘴角对钟楚江点头示意，眉宇之间涌起几分愁容，有什么在嘴里欲言又止。

钟楚江从来没有在别的九尾猫的脸上看见过那样的表情，也从没有哪只九尾猫像苏苜这样。

怎么形容那种感觉，她不像森渔那样傲慢，不像宋时单纯盲目，不像曾经他手下的任何一只九尾猫一样为了九尾发愁……他们是那么简单明了，追求的东西不外乎就是失去的八尾和还没有得到的九尾，一眼就能够辨明，而苏苜不同。

她不在乎那些，她身上有一种浑然天成的神秘感，像是在过往岁月的每一个角落里都埋下了无数的秘密，让人很想去挖开那些堡垒去搜寻里头隐藏的秘密，但是如果她不愿意被人发现，那些被掩盖着的东西就像是一道城墙，无坚不摧。

毋庸置疑，你不用去为了她会不会剑走偏锋担忧，但是，钟楚江不得不承认，他没有能力去钳制她。

有时候，越是无欲无求，实际上越偏执。

无论是人，还是九尾猫。

这时候，苏苜忽然开口，用非常认真的语气说：“有些东西，我希望你们跟我去看看。”

“我怎么知道你是不是段苛派来的诱饵。”宋致警惕并质问道。

“我对驭猫人没有恶意，现在没有，以前不曾有，以后也不会有……”她笑着接话，神色间有些不易察觉的狡黠，“我已经表达过我的善意了不是吗？”

宋致明白她所说的是之前给他们的暗示，不得不承认这在很大程度上帮了他们，但是她左右摇摆的立场仍让他将信将疑。

“走吧。”后座上的钟楚江一脸肃然，“我相信九尾猫。”

潍城中央塔楼的塔尖上，苏蓿浑身裹着一袭黑色眺望着远方，整个潍城尽收眼底。

有风呼啸撩动他的长发，发丝翻动间被遮盖的地方露出来，从耳后到锁骨蔓延至被衣领遮掩住的地方，一片触目惊心的烧伤痕迹，红白交错的肌理狰狞可怖地纵横在凹凸不平的皮肤上。

一只虎纹猫从钟塔下的黑色轿车里跃了上来，趴伏在他身前喵了几声后，虔诚地仰头望着他。

苏蓿矮身伸出手，一团灰色的愿灵没入了虎纹猫的身上。

“做得很好，接下来，好戏就要上场了。”苏蓿的话透着说不出的愉悦，一切都在按他的计划进行。

苏蓿满意地想着，眺望着不远处的钟家还有段苛的别墅，最后目光落在潍城以北丛林掩映之下的别墅轻轻开口：“钟乐之，你所守护的钟家……马上就要陨落了，哈哈，看看这次谁还能阻止我，整个潍城都将在我的掌控之下……哈哈哈哈……”

他的笑声随着风向远处飘荡着，赤红的双目衬得他越发癫狂，地上趴伏着的虎纹猫也不自觉地打了个寒噤，钟塔下的车里，段苛昏迷在副驾驶坐上。

钟家。

森渔面沉如水地抽回手，她掌握的信息已经在她的脑海中盘踞起来，她的眉峰不住地向中间靠拢。

这时，手机响了。

她想起上一回答应过瞿理不会由着性子不接电话，有些烦躁地拿起来一看，果然是瞿理。

“喂，什么事？”

瞿理听着电话中传来不耐烦的声音，心中那些不好的预感越发浓烈：“你现在在哪儿？”

电话那头的人并不说话，瞿理看着楼下那些躁动不停的流浪猫，急切地又重复了一遍：“森渔你在哪里？”

“还在钟家。”电话那头的人不情愿地开口。

瞿理松了一口气：“你待在那儿别动，哪儿也不要去等我过来！”

“来不及了，你不要过来。”

“森渔，你不要冲动！我们一起……”

话还没说完就被打断。

“我不，我不能永远被保护在身后，他们是冲着我来的，我不能一直躲着，我希望你明白，还有你不要过来，你就是一个没用的人类，你帮不了我什么……”森渔语速极快又极其认真地说完，也不等瞿理反应就挂断了电话。

结束通话之后，她深深地吐了一口气，此刻她心如刀绞，将手覆在心口，为什么会这么难受呢？

她看向身后的钟暮思，扬着手将他笼罩在一层白色的光罩中，这才转身离开。

“森渔！”

瞿理在电话这头徒劳地叫着她的名字，他将手机用力地拍在桌面上，气急败坏地抓了一把头发骂道：“该死的！”

在回潍城的车上，他就隐隐有些不好的预感，跟之前每次遇见麻烦的情况一样，大概是潍城平静的气氛让他觉得只是自己多心了，直到他站在窗台边看见楼下那些躁动不已互相撕咬的流浪猫，才忍不住打了这个电话，没想到却让他更加烦躁。

他双手撑着头坐在床沿身体剧烈地起伏着，明白森渔最后故作倨傲的话不过是想他死了过去的心思，但心中还是不可避免地难受。

末了，像是下定决心了，他站起身，抓起扔在桌面的手机，在看到桌角上立着的钟铃犹疑了一秒，顺手将钟铃也装进口袋里。

他没有想到，这个不经意的动作，在之后的混乱之中会救他一命，甚至是救了他们所有人……

事后，瞿理再回想起来也犹自庆幸，那个时候他已经相信，这世上，有些事，冥冥之中也许的确有注定这一说。

但是这个时候，无论是森渔，还是瞿理，抑或是苏苜，他们谁都没有预料到，原本分明的世界，将迎来一场前所未有的巨大动荡。

命运即将降临，他们浑然未觉。

第九章
YOU
YUAN

有 缘

1.

钟楚江和宋致跟着前方像游魂一样的苏苜悄悄进入别墅。

“你要带我们去哪里？”在地下室的楼道前，宋致讶异于这样死寂的氛围，跟在他身后踌躇不前的宋时则紧咬着嘴唇难掩痛苦的样子，这让他心中对苏苜的怀疑更加剧烈。

已经走到地下室门口的苏苜并没有说话，她不动声色地打开了地下室的门，一言不发地走了进去。

“走吧，我们别无选择。”钟楚江说着率先迈向地下室。

宋致一咬牙，跟上他的步伐，但是视线在触及地下室内的景象时，顿时大惊失色。

地下室灯火通明，他们的眼睛里牢牢地刻录着那一排排黑色的牢笼，牢笼中的九尾猫无一不是神色恍惚、眼神呆滞，角落中打开的立柜里闪烁着各色光芒的愿灵。

见此情形，他们久久无法言语。

“不知道什么时候，他们就在这儿了，我想过要偷偷放走它们，但是那些笼子，好像是专门克制九尾猫的，我没有办法……我……”苏苜在一边讷讷开口，语气中满是自责。

“浑蛋！”宋致根本没有听苏苜说话，忍不住破口大骂并冲向那些笼子，扯着那些冰冷的锁链。叮叮咚咚的响声衬得地下室的空气更为冰冷，发现那些锁链无法被拽开后，他像是一只困兽一样在地下室搜寻着。

钟楚江也是蹒跚着靠近那些奄奄一息的九尾猫：“夏茉，柏路，冬至……”

他的手颤抖着在冰冷的牢笼上逡巡而过，每过一个就从嘴里吐出一个名字，而那些九尾猫一一抬起头来看着他，眼睛里却都是陌生与痛苦。

这些九尾猫从前都是在钟家生活的，他们的名字都是钟家赋予的，九尾猫的名字就像是一个充满魔力的咒语，是在灵魂上烙下的印痕，当面前这个人念起他们名字的时候，记忆就像是锈蚀的锁孔被钥匙拨动，有什么东西在脑海里不安地躁动着，渴望喷涌而出。

呆愣在原地的苏苜在看见那些猫痛苦地翻滚的时候，紧咬着唇不忍地别过头去。

“钟叔，你让开！”背后传来宋致怒气冲冲的吼声，钟楚江立马站起身，就看到宋致气势汹汹地拎着一把消防斧走了过来。

“浑蛋！杀千刀的王八蛋……”宋致的嘴里不停骂着，他从小就和九尾猫一起长大，幼时若不是宋时将他从街头救起，他恐怕没命活到现在，毫不客气地说，九尾猫就像他的家人一样，他对九尾猫有着极深厚的感情，看到这些被虐待的伙伴，他胸腔燃着一把火，恨不得烧死那个始作俑者。

“哐啷——哐啷——”的声音在这个狭窄的地下室里不间断地响起。刺耳的金属撞击声伴随着沉闷的回声，撞击着这个原本寂静无声的空间，那个赤红双目咬着牙眼眶中噙着泪水重复挥动刀斧的疯狂男人嘴里不停歇地咒骂着，听在苏苜的耳朵里更像是来自沉寂许久的灵魂的拷问。

牢笼已经悉数被宋致破坏，但是被困其中的九尾猫却没有动作。

宋致很久以前听过，动物园的驯兽师驯养动物的手段，他们为了防止动物长大后逃走，会在它们幼小的身上拴上锁链，一旦它们有逃跑的趋势便会用鞭子狠狠毒打一顿，那样动物长大以后才会对驯兽师和他手中的鞭子感到惧怕，哪怕脚上早已没有了枷锁也可以牵制住它们的行动。

驯兽师在它们的心底拴上了一根无形枷锁，比这世上任何一种酷刑都更加狠毒。

钟楚江的心中此刻也是变幻莫测，从最开始的愤怒，到后来的沮丧，再变成无以复加的痛苦，他的心中满是自责。

从钟乐之出生展现出驭猫人得天独厚的天赋起，他那颗因为自己没有驭猫能力的心才算是真正安妥，而现在钟乐之沉睡不醒，那些他用心血培育的九尾猫却被不怀好意的人践踏。

他辜负了信任钟家的九尾猫，辜负了这个姓氏，枉为钟家人……他捏紧拳头，浑身因为愤怒而开始颤动，连眼眶都开始泛红。

他靠近那些耷拉着头的九尾猫，抖着手想要把他们抱出来。这时，所有的九尾猫都浮在笼中，缓缓地落在了钟楚江和宋致之间，角落的柜子上那些装着愿灵的玻璃瓶也传来叮叮咚咚的碰撞声——盖子全被打开了，愿灵飘浮出来一一对应回到了九尾猫身上。

“谢谢。”钟楚江没有回头，向身后一言不发的苏苜道谢。

“是我对不起他们，对不起钟家……”

“你觉得悔恨，觉得愧对他们的话，”宋致闻言转身，眼中满是阴鸷，额头冒出青筋，眼睛牢牢地锁在看起来怯弱的苏苜身上，“段苛在哪里？”

苏苜像是被刀刺中一样，立刻仰起原本低垂的头颅，摇着头解释：“这件事情不能怪他，他原本不想的，他以前不是这样的，他……”

“你以为我不知道？”宋致全然不理会她的辩解，“他利用九尾猫的愿灵牟利，向有钱人贩售愿灵，达到他们不可告人的私心，他们自私、无耻、肮脏，而且……”他的音量不断攀升，撞击着四周的墙壁，空气中飘浮的尘埃都为之一颤。

“不许你这么说他！你有什么资格，你根本就什么都不知道！是因为……”苏苜用尽全身力气向宋致吼道。在这样的境地，苏苜依旧为段苛辩解，她不忍苛责那个记忆中干净温暖的人，不论段苛现在如何，在她的心中他永远都是那个把她从洪流中救下来又不断安慰她的温润少年，但是看着这满室狼藉，她的话却生生断在口中，她的脸上、眼中、心里都满是挣扎，“是因为……”

该怎么说？苏苜哑口无言，因为自己？因为那把匕首？因为苏蓿？

苏苜在每一个月朗星稀的晚上无数次回忆与段苛初见的场景，也无数次为段苛辩解，在数不清的黑暗里拷问自己，这一切为什么会变成这样，但是都没有结果。

直到在病房中看到颜湾，那个被段苛给了希望又无情剥夺的可怜女人……那个时候，她其实已经意识到，无论自己为段苛找多少借口，都无法掩盖他所犯的错。

钟楚江不是无知的小毛孩，活到他这个年纪，苏苜为什么会变成现在这个样子，他心中了然。

“苏苜，爱一个人盲目不可耻，但不能麻木。”钟楚江背对着他们蹲在地上，抚摸着一只昏迷的九尾猫，有些吃力地站起来，转过身，“你问问自己的心，再看看他们……”

钟楚江伸开手臂指向身侧的九尾猫，眼神烁亮，逼视着苏苜：“你觉得，这样算不算有资格？”

苏苜像是被卸去所有的力气，浑身瘫软地坐在地上，双手掩住秀气的脸庞，遮住眼中满溢的哀伤：“一开始的时候，不是那样的，他明明不是那样的，我遇见他的时候他明明那么善良……”

开始的时候，这句话再说出口意味着之后伴随着的无尽变数。

“开始的时候”和“可是后来”，这两个词组像是一对孪生兄弟，象征着截然不同的正反两面，其中的苦楚悲怆与那些美好过往都杂糅在一起，像是黎明时候未褪去黑暗的混沌天穹。

瞿理找到钟暮思的时候，他还是睡得很沉，就像是中了沉睡魔咒一样。他伸手窘促地站在距离钟暮思半米远的位置，一种看不见的力量阻挡了他继续靠近。

他颓丧地靠在床边的墙角，缓缓地滑落下去，现在该怎么办？他根本不知道森渔去了哪里。

这时候一只虎纹猫悄无声息地站在了房间门口，威风凛凛的样子，虎视眈眈地看着躺在床上的钟暮思，微微俯下身蓄力向床上冲去。

瞿理脸色变了变，这只虎纹猫他见过，那时候就跟在那个黑衣人身后。

瞿理站起身冲过去用自己的身体撞开了那只虎纹猫，虎纹猫跌在书桌上晃了晃头，支起身朝着瞿理发出一声低吼。此时，瞿理就跌坐在虎纹猫对面的地上，正因为忽然站起身和撞击的力道生出阵阵眩晕，口袋中的钟铃也随着他跌倒的动作从口袋中滑落出来，叮咚一声碰撞地面发出一声脆响滚向床边。

那只九尾猫像是被惹怒，在瞿理还没有反应过来间就冲过来，拢在身前的前爪指甲已经伸了出来，比一般的野猫要长，像是淬上毒液一样散发着寒光。

瞿理只来得及抬起手臂护在面前，从臂弯里看见那只猫爪子上泛着灰色光芒，划着抛物线的残影挥过来……

“丁零丁零——”

清脆的铃响划破了凝滞的空间，一切都像是按下了暂停键一样，原本该躺在床边的钟铃不知道什么时候稳稳定在半空之中，铃没有动，但那声音就像是湖面的涟漪一样震荡着影响着房间中的一切，那只虎纹九尾猫瞬间倒在房间的角落里，痛苦地翻身挣扎。

瞿理惊愕地看着这一切的发生，房间里那一圈圈能量的波动从钟铃上向外扩展，那只九尾猫像是被什么压在地面上一样直不起身，瞿理小心翼翼地靠近钟铃，发现那钟铃对自己似乎没有一点影响。

他伸出手要去碰钟铃，那钟铃在他手指触及的一瞬间，一道白色的光圈震荡开越传越远，那光圈一离开钟铃，钟铃便向下跌去，他手忙脚乱地接住。

他摊开手看着那个大约半个手掌大的物件，那些藏在钟身文字里的垢迹眨眼间变换成了流光溢彩，转眼间又恢复到古朴的样子，他蹙眉将手中的钟铃握紧，转头看向角落还在战战兢兢看着自己的虎纹猫，没有留意到身后的那道光圈在崇山峻岭间消失了踪迹。

2.

瞿理发现那只虎纹猫惧怕的其实并不是自己这个人，而是他手中握着的钟铃。

他将拿着钟铃的手靠近虎纹猫，虎纹猫颤抖着向后瑟缩，瞿理逼视着虎纹猫的眼睛。

——去钟家把那个钟暮思带过来找我……

这个声音！就是那个黑衣人！

在这虎纹猫的心声中他感受到那个像修罗一样阴郁的男人似乎正在酝酿着一个庞大又可怖的计划，钟家和九尾猫都将在这个计划中陨落……

“他在哪里？”瞿理阴沉地靠近那只虎纹猫，眼底的漩涡越来越深，拿着钟铃的手也越靠越近。

虎纹猫抖得浑身都要散架。

他稍稍将手移开，没有感情地重复：“他在哪里？”

瞿理从来不知道有一天自己也可以这么狠，那只虎纹猫在地上打滚的样子使他心中有些不忍，但是他必须硬起心肠，当务之急就是要知道那个人的行踪。

“带我过去。”他听到自己的声音，冷得让他自己都有些发抖。

地下室空气中飘浮的尘埃也因为此刻的寂静归于沉静，苏苜用异常平静的语气将她与段苛的点点滴滴娓娓道来，她将那些过往的岁月，好的、坏的，掰开了、揉碎了，一一抛在面前，袒露在阳光之下。

这个时候，苏苜才发现用旁观者的角度循来时的路，段苛显得更加真实，也更容易看见自己的愚蠢和麻木。这十多年来，她蒙着眼一心一意地跟着段苛走，他说有树，她就已经构筑起崇山峻岭；他说有水，她就已经看见了海市蜃楼；他说有星，她就整个醉溺在银河中舒展徜徉……但凡是他说的，她统统都相信。

就这样，相伴许多年。

而如今，她才明白，过去与现在分明像是一条河流的两岸，她在这畔与之遥遥相对，面前汹涌的暗流冲击着，席卷着对岸名叫“回忆”的土壤，奔腾着呼啸而去，耳畔传来荒野上飘扬的风声，带着野草疯长的荒凉和长风呼啸的哀伤。

她与段苛初识在那一场来势汹汹的洪灾中，就像书上说的那个人裹挟着一身泥泞踽踽而来，捧着一颗澄净透明如同水晶般剔透的心，后来当苏苜一次次用八尾替他圆愿之后，他一步步又走回了泥泞之中，越陷越深……

“人都会贪恋得不到的东西，但其实贪婪却是最真实的贫瘠。”钟楚江听到此，忍不住感叹，他也明白了第一次在钟家见到苏苜的时候，她身上的落魄由何而来。

“后来，苏蓿找到了我，带我去了钟家……”苏苜的神色一晃，像是有什么难言之隐。

“后来你就欺骗了我，背叛了我，姐姐，我当时可是难过得快要死掉了啊！”地下室的门口响起一道冰冷又熟悉的男声。

苏苜登时一愣，钟楚江也如遭雷击般向地下室门口看过去。

那个人逆着光：“别来无恙啊，钟楚江。”

“苏蓿！”钟楚江眼睛陡然大睁，“你没死！”

钟楚江的言语之中满是不敢置信的惊恐，他的瞳孔间像是又清清楚楚地映上了那场炽烈大火，苏蓿凄厉的诅咒尤言在耳。

那是一场劫难，不论时间过去多少年，钟楚江始终不敢忘记那时候的场景。

那场大火将黑暗都灼烧，整个空间都弥漫着红光，扭曲滚烫的气浪扑面而来。

“钟楚江，钟乐之，就算我死了也不会放过你们，我诅咒你们驭猫钟家的每一个驭猫人不得安宁，不得好死！”

苏蓿凄厉的号叫踩踏在他的耳膜上。

那时候，钟楚江深受打击，儿子昏迷不醒，还有一具烧焦的幼儿尸体持着大孙子随身佩戴的银牌被送到了钟家，看着年幼失恃失怙的钟暮思，他突然有些惧怕，纵使他当时相信苏蓿已经死了，他也不敢让钟暮思再接触九尾猫的事……

“对，我没死。”苏蓿悄无声息地走进地下室，钟楚江看到身边的九尾猫都瑟缩着埋下头，“要感谢我有个好姐姐，感谢她给了我第二次生命，”他不怀好意的眼神在苏苜和钟楚江身上来回游荡。

“我多想当初你就烧死在那场火里。”苏苜恨恨道。

“可惜了，时光不会倒流，但是今天……你们，都要死在这里。”

几个人听到这句话的时候，神经都紧绷起来，宋时也将宋致和钟楚江挡在了身后，苏苜身上也开始向外透着光。

“姐姐，劝你不要轻举妄动。”苏蓿嗤笑着勾起嘴角，他的身后一个人影裹在灰芒中飘浮了进来，“你看看这是谁？”

“段苛！”

“待在原地。”他不疾不徐地将手搭在了昏迷不醒的段苛的脖子上，爪子伸出来一点点地收紧，“人类是很脆弱的。”

“不要！”苏苜看着段苛脸上面露痛苦之色，“停下！你给我停下！”

“变回猫形回到笼子里。”苏蓿看着她，没有丝毫的感情，眼睛里的狂乱越来越浓。

变故就发生在一瞬间，一个身影极快速地从苏蓿身后破空而来，森渔隐匿着气息在地下室门口已经等待许久，眼看着苏蓿将苏苜也要控制住，她沉不住气了，趁苏蓿放松警惕时，直接发难将被苏蓿控制着的段苛救了下来。

“段苛！”苏苜惊喊接住了向旁边跌去的段苛。

“森渔！”钟楚江心中虽然宽慰但是对于此刻出现的森渔心中更多的是担心。

苏蓿左手手背有血迹渗透出来，恨恨咬牙："呵，小猫，本以为你聪明，离开了潍城，我还想放你一马，看样子你是想要帮着钟家与我作对了是吗？"

"好，苏苜，我再问你一遍，"苏蓿只是警惕地看着森渔，偏头问着抱着段苛坐在地上的苏苜，"当年那个愿望到底是什么？"

"苏蓿，即便是我告诉了你也没有用的。"苏苜坐在地上却笑了起来，"你这辈子永远都没有办法九尾。"

苏苜这句话说得莫名，钟楚江身前的森渔和宋致都微不可察地皱了皱眉，唯独钟楚江满面凝重。

"既然如此，那你们都带着秘密去死吧。"说完，他的手上捏着一块像是口哨一样的骨牌，在嘴边轻轻地吹，空气中响起一阵诡异的震荡，地下室里的情景混乱起来。

"喵——"突然间，九尾猫此起彼伏的哀号声响彻云霄。

"宋时！"宋致接住捂着头踉跄的宋时，眼睁睁地看着宋时在怀中幻化成九尾猫的样子。

"捂住他们的耳朵不要听……"苏苜皱着眉头抓住段苛凌空挥舞的手，朝着钟楚江喊道。

钟楚江捂着森渔，宋致捂着宋时，森渔反应过来："靠过来一点。"她一边说着一边手上动作不停，直到从身上散发的光罩将几人都笼住，宋时挣扎的动作也偃息下来。

然而在光罩之外的九尾猫纷纷站起身，亮出了尖锐的獠牙，一脸凶狠地冲着几人发出低吼，宋致盯着面前的突发状况，瞥见那边的苏苜完全没有被影响的样子，心中诧异。

“她已是九尾的猫，不用担心。”钟楚江留意到森渔的目光也一直在苏苜身上逗留，忍不住出声提醒。

宋致和森渔却被钟楚江的这句话惊到——

“九尾的猫？”

“没错，她就是那只失踪的九尾的猫。”钟楚江神色复杂地看着苏苜身上光芒渐渐消退，段苛也平静地躺在地上。

苏苜站起身，走近苏蓿：“苏蓿，不要再错下去了，这件事因我而起，我将当年发生的事情告诉你，你放过他们。”这个他们包括钟家人还有在场的九尾猫，钟楚江皱起眉头，苏苜的语气让他的心中有些不太好的预感。

“哈哈哈，苏苜，你还是那么天真。”苏蓿在听到苏苜的话后，讥笑，“我最讨厌你这种自以为是的样子，你以为事情到了这个地步还有办法回到以前吗？”

“你问问你身后的钟家人他们有可能放过我吗？嗯？”苏蓿笑得诡异，“你以为我处心积虑地回来为的是什么？当初的耻辱，今天我要一点一点收回来，钟楚江、钟乐之，他们钟家的任何一个，甚至与他们有关联的人和猫，我都不会放过，包括你！”

闪着寒光的眼睛在房间里一一巡视，像是一条带着剧毒的毒蛇盯上猎物一般。

3.

苏蓿无法忘记十几年前发生的那件事，彼时，他游历到潍城，已经身心俱疲，就像森渔一样，他遇到了当时的钟乐之，跟随他来到了钟家，那时候钟乐之总是说，不能急功近利，九尾猫之于有缘人，讲的就是一个缘字。

后来，在即将要八尾的时候他决定出去找苏苣，几经辗转，终于在西方一个偏僻落魄的城市找到了已经萎靡不振的苏苣。他没有想到，只是两年的光景，苏苣就变成了这个样子，她很单纯，单纯得太好骗了，他压根没有费什么劲就得知了她两年的遭遇，这也是他第一次得知段苛这个人。他很气愤，但是他也分不清是气苏苣的愚昧还是段苛这个人类的贪婪，他强行将苏苣带回了潍城。

苏苣在钟乐之的帮助下，渐渐转好，于是就想去找段苛。他虽然不屑一顾，但还是耐着性子劝她：“你是想要继续做他的许愿树直到愿灵耗竭，还是想和他永远在一起？”

这是一个很玄妙的问题，其实苏苣彼时甚至不知道什么是爱情。

“你九尾了之后再回去，他也不会因为你八尾来得慢而跟你吵架了，不是吗？”

苏蓿说这番话的时候压根就没有想到苏苜真的可以这么快九尾，或者说没有想到她可以九尾。

那一天，苏苜找到他，分享了自己九尾的喜悦，然后告诉他她要离开潍城去找段苛，那个修炼不上心，每一天得过且过的苏苜居然真的九尾了！

像是沉寂许久的荒原，终于爆发出了它长久以来岌岌的生命力，荒草疯长覆盖了荒凉的山坡，一种愤恨和痛苦的情绪在苏蓿的胸口喷张开来。

他不敢置信又不甘心！

而她却一脸为难地说：“我答应了钟家人，不会把九尾的事情透露出去，不过我相信你，苏蓿，我就是侥幸而已，你一直比我聪明，一定可以很快到九尾的……”

苏蓿根本就听不进什么，苏苜真诚的话在他耳中也尤为刺耳，他只听到了让苏苜九尾的人其实是钟乐之的儿子，他求钟乐之告诉他，但是钟乐之却断然拒绝：“苏蓿，有些事情不能强求，九尾猫九尾的意义不在结果，在过程……”

“什么叫作九尾猫的意义不在九尾，什么叫作不能强求！”就像是平静的海面骤然潮起，苏蓿突如其来的愤怒像是那些夜里听到过的潮声，汹涌迅猛地朝着尽头逼近，那些被他控制之下的九尾猫也形成了包围圈将森渔几人团团围住。

“我偏要强求，我为你们钟家做的事还少吗？我修炼的还少吗？凭什么这个一心只想着段苛的废物都可以九尾，我却不可以？你说啊钟楚江！”苏蓿在包围圈之外，却比森渔几人更像囚笼中的困兽。

“不论你相不相信，当初我和乐之也并不知道……”

话没说完就被苏蓿打断：“对，是我把瞿理绑走了，你说过你并不知道他许了什么愿才让苏苜九尾。”

苏蓿有些恼怒地想起当初那个半大点的孩子离开钟家之后就一言不发的样子，后来他用愿灵也没办法让他开口。

“我把瞿理从钟家带走，但是他根本就不说，我看了他的记忆，也是一片空白，”他说着说着莫名其妙地笑了，“对了，他的记忆是被我抹掉的，那时候我就已经打定主意要让你们钟家在这个世界上消失。”

可惜那时候他不是钟乐之的对手，但是现在钟乐之已经是个废人了。苏蓿有些得意。

“所以说九尾猫失踪，还有旧仓库里面那些被开膛破肚的九尾猫，市面上被贩卖的愿灵，这些都是你报复我们钟家的手段，我没有说错吧！”

“没错，我就要让你们看看，你们不是不愿意让我九尾吗？我就是要让你们看看即使没有九尾也一样，可以轻松地把你们玩弄在股掌之间。”

听到这里，宋致明白了十年前那场浩劫的真相了，而潍城近几年所发生的一切，都有迹可循。

苏蓿忽然有一瞬间的停顿，一边的苏苜抓住机会伸出爪子毫不犹豫地向苏蓿扑去，却被他利落躲开。

“你不要轻举妄动，苏苜，这些人的命都在我手里，我弄死段苛就像捏死蚂蚁一样简单。”他威胁地将手收紧，地上的段苛瞬间痛苦地将身体蜷缩起来。

“我们又有朋友来了。”说着，他将骨牌又凑近唇边……

刚从围墙上跳下来进入到别墅中的瞿理感觉到身后发出阵阵兽吼，僵在了原地，手下意识地伸进兜里将钟铃握在手中，但是不知为何钟铃始终再没有发出之前的响声。

而他身后的那只虎纹猫眼睛里顿时升起了一团黑雾，他小心翼翼地后退，被虎纹猫逼进了地下室。

地下室的气氛在这一刻有些微凝滞，两方对峙，钟楚江神色复杂地看着面前已经丧失心智的九尾猫不停地向他们扑来，被弹开之后还是前仆后继，有许多的九尾猫已经撞得头破血流，而森渔的脸色明显苍白，从他的位置甚至能够看到她肩膀的颤抖。

地下室入口的光晃动了一下，一个人影缓缓走下来，越来越近。

苏蓿阴阳怪气地说："真是意外之喜。"

瞿理看着一边面色不善的苏蓿，他认出这就是上次那个黑衣人，而这边的森渔在发现地下室门口的人是瞿理的时候，忽然就慌了，而就在这一瞬间，那些九尾猫抓住这个空当一齐撞了过来。

森渔被撞到木柜上，陈列的玻璃瓶悉数砸落下来，她倒在一地狼藉里，耳畔被尖锐的嗡嗡声笼罩，她看见瞿理呼喊着她的名字跑过来，跟在他身后的那几只九尾猫凌空而起向这边俯冲过来。

"别怕。"时间像是被拉得很长，又好像被急骤压缩得很短，森渔感受到不属于自己的体温，还有瞿理压低的嗓音就在耳侧。

钟楚江那边也因为失去了森渔的屏障，被九尾猫攻击，苏蓿几乎是一瞬间就冲到钟楚江面前扼住他的脖颈。

之后发生的事情，在许多年后，瞿理的记忆里仍然是一片混乱，他分不清是因为慌乱跃动的心脏让他的意识有那么一瞬的麻痹，还是他当时全心全意地只为森渔，所以才会凌乱，他只记得那些人的呼喊还有那刺眼的光芒在他的眼前亮起，瞳孔不由自主收缩的感觉……

就像是干枯已久的土地终于迎来了一场丰沛的雨水，伴随着森渔身上的光芒亮起，她也变回了一只小黑猫的样子，瞿理目瞪口呆地松开挡在眼前的手，看着怀中的森渔愣得说不出话来，原本凶悍凌厉的九尾猫也停下了步伐。

这边的异状引起了苏蓿的注意，想起柜子里有一份森渔的愿灵，悔恨不已，那份愿灵是当初段苛想要用来给那个地产商圆愿却被他偷偷调换了……

为什么，为什么都要来和他作对？

森渔八尾了，但是她懊恼无比，为什么八尾要挑在最麻烦的时候来，钟楚江心中也暗道糟糕，果然，苏蓿脸上越来越阴沉。

——你能看见我的尾巴吗？

瞿理像是回到第一次遇见森渔的场景，耳畔响起森渔的声音。

——快许愿！随便什么愿望都好！

森渔看他呆愣在原地的样子，催促道，不论瞿理是不是有缘人，她都想要把愿望给瞿理，不只是不希望愿灵落到苏蓿手中，更是她的私心。

但是，她的八尾来得太突然，瞿理脑海中此刻也是一片空白，还没等他们反应过来，苏蓿已经再次将骨哨放在了嘴边，那些九尾猫就像是压抑着痛苦却又受到苏蓿的驱使，挣扎着向瞿理扑去。

瞿理却像是陷入了沉思，压根儿就没有意识到现在的处境有多危险，他的脑海中只有久九旅店那个老人临走的时候告诫他的话："九尾与时间无关、与空间无关、与愿望无关，只与你的心有关……"

这到底是什么意思?

在回潍城的路上，瞿理也一直在思考这个问题，为什么人世间九尾的猫那么少，九尾猫圆愿的意义和目的究竟是什么?

该怎么样才能让森渔结束这样反复的轮回?

与我的心有关?

我希望她九尾，我希望她可以做她想做的事过她想过的生活……

这时候，瞿理没有看到自他身上蔓延出去的浅淡波纹，将苏蓿的骨哨声波撞散，然后不受阻拦地向外扩张而去。

苏蓿面色铁青地看着一瞬间都停在原地的九尾猫，恨恨地看着瞿理，而钟楚江则是惊呆了，这个场景他无比熟悉，是钟铃！他诧异地看着瞿理，却发现瞿理只是沉思着，一动不动，如老僧入定。

"森渔，我不知道要许什么样的愿望才能让你九尾，安奶奶说九尾的奥秘与我的心有关……"瞿理有些紧张还有迫切，"我心里希望你能够九尾，但是也希望你能留在我身边，我心里有许多希望。”

说到一半，他又停下，顿了一下继续道：“这其中，我最希望森渔以后就是森渔，不是为了九尾猫的责任而存在这个世界上，不用为了九尾猫的轮回烦扰，我希望你是完完整整的森渔，去想去的地方，做想做的事，不被束缚，不被禁锢，这样就好了，这就是我的愿望。”

与她想象的不太一样，这有些莫名其妙的愿望让森渔忍不住鼻酸，她无法解释为什么自己会这么想哭，一只猫流眼泪的样子肯定特别奇怪吧。

森渔先是想到了这个，然后才感觉到身体里的异样，她没有想到这个不像愿望的愿望居然是可以实现的，但是现在这种感觉，好像与以前圆愿失去八尾的感觉不同。

就像是春日抽芽的柳枝，又好像穿过山谷里留下回响的清脆鸟鸣，更像树梢间闪烁的碎金流光。

“森渔，你的尾巴……”瞿理的话在震惊中戛然而止。

她几乎是立刻转身看着自己的尾巴，有一条由虚转实的尾巴混迹在原有的八尾之中，她仔细地数着，唯恐自己眼花。

——一、二、三、四五六七……八、九！

——九条！

她九尾了，莫名其妙就九尾了！

瞿理从她还有些慌神的视线中看到了她的震惊，其实他自己何尝不是！

而苏蓿在森渔八尾的时候就已经控制不住心底的暴怒，为什么？明明自己比她们都要努力修炼，明明自己比她们也更加勤勉，为什么？自己到底有哪里比不上她们？凭什么一个个都可以九尾而自己不行？

一定是钟楚江，一定是钟家还有什么秘密没有告诉自己！心中越气愤下手就越是凶狠，钟楚江脸已经涨成了绛紫色。

“为什么，你是不是根本不愿意让我九尾？我究竟做错了什么让你们钟家这样对我？”所有的九尾猫都像是感受到了苏蓿的愤怒，狂躁地攻击着在场的人。

“住手，苏蓿你住手！”苏苜慌乱了，指甲也悉数露出。

森渔从久违的狂喜中回过神，与苏苜站在了统一战线抵御着：“苏蓿，不要再执迷不悟了，钟家没有骗你，我也没有骗你，我真的不知道……”

“哈哈，没有骗我？那我为什么一直不能九尾？连你都九尾了，为什么我不可以？”

被控制的九尾猫拼命地攻击他们，宋致因为躲避不及身上已经有了好几道伤口，瞿理脸颊上也出现几道血痕，这时候他看见原本装在口袋中的钟铃出现在了地下室正中央。

“丁零——”

伴随着脆响，被控制的九尾猫都浑身一颤，时光静止在原地没有动作，还有一些好像是终于解脱了一般径自躺在了地上。

“贪婪、自私、无知、傲慢……苏蓿，无论你八尾多少次，你都不可能九尾。”一个清润的嗓音想起，地下室中的人视线都被他吸引过去。

森渔看见地下室门口出现个穿着条纹病号服的男人，他扶着墙壁慢慢地走了下来，在看到他面容的那一瞬间不由自主地拉了一下瞿理的衣襟。

“瞿理……”你和他好像……

话没有说出口就看见瞿理呆呆地张着嘴，看着那个男人，一眨不眨。

“钟乐之！”苏蓿的双目欲裂，“我自私我贪婪？自私的是那些有缘人！如果不是他们，我怎么可能是现在这个样子！傲慢的是你们，是你们钟家！”

钟乐之摇了摇头，惋惜道：“苏蓿，过了这么久，你还是一点长进都没有，你修炼了这么多年，但是你从来就没有想过，九尾猫为什么要存在于世上，圆愿的意义是什么。你从来只将圆愿作为你九尾的目的，从来就不曾付出过真心，我说过这是你修炼中最大的弊病。”

“我为什么要付出真心？愿灵还不够吗？上天不会因为我付出了真心让我九尾，那些愚蠢的人也不值得我去付出，现在我也不需要九尾了，也不需要替那些人类圆愿，他们甚至要来乞求我，这样的感觉很好……”

“那如果这些九尾猫不再受你控制呢？”钟乐之打断他，“我是不会放过你，让你再去残害别的九尾猫的……”

“有我在的一天，你都休想！”钟乐之沉声说。

苏苜看着苏蓿和钟乐之还有森渔缠斗在一块的虚影，脑海之中不由自主地想起了十几年前那场斗争，她看着周围横七竖八躺着精疲力竭的九尾猫，还有几只已经快要没了气息，她悔恨无比，这一切归根结底都是因她而起，她忍不住在脑海里问自己，如果不是自己的执念，如果没有爱上段苛，如果没有救苏蓿，如果后来苏蓿去找段苛的时候自己就阻止……是不是这一切就不会发生？

她环视满室的狼藉，强忍着不去看墙角的段苛，每个人都有他自己的命运，其实，从一开始她就错了。

苏苜的眼睛里像是蒙上一层光雾，不只是泪水还有愿灵。

瞿理看到苏苜忽然站起身，身体里有一些细碎的光斑散发出来，不解地皱起了眉头。

“九尾猫消失，那么他的愿灵也会随之在这个世界上消失，苏蓿是依靠苏苜的愿灵存在的，如果苏苜消失……”身后的宋时在这时候忽然出声解释，“她是九尾，她的愿灵……这里所有的九尾猫都有救了。”

瞿理震惊地看着已经被愿灵包裹住的苏苜，那双眼睛在骤然发亮的环境下显得极其暗淡，那双雾蒙蒙的眼睛牢牢地看着他：“对不起，那时候没有帮你。”

瞿理听到她心里的话，他知道她说的是十几年前的那件事。

瞿理想要说点什么，却被苏蓿撕心裂肺的声音打断：“不！不！你不能这么做！你欠我的你不能收回去！”

苏蓿像是发疯了一样想要抓住从体内抽离的愿灵，但是他的手在空气中一次次地虚晃而过，剧烈的动作带动他身上那道狰狞的伤疤，他摸着身上的那些丑陋的疤痕犹如五雷轰顶。

“不！”

他粗粝的声音显得有些诡异。

钟乐之和森渔也站在原地看着这漫天的愿灵，洋洋洒洒地进入了那些九尾猫的身体，就像是在低空中爆炸的烟花，坠落在地上的时候还会溅起一小簇的花火。

钟乐之看着这一切，忽然之间觉得很疲惫，像钟乐之这种驭猫人，每一次使用钟铃都是以燃烧生命为代价的，这一次他是被钟铃叫醒的。

不远处瞿理还在盯着苏苜消失的地方发呆，看到这里，钟乐之由衷地笑了出来，这时候瞿理正好看过来，两人四目相对，钟乐之陷入了昏迷。

4.

一周后，钟宅。

宋致守在钟乐之床边，看着还在恢复中的钟乐之，心终于放下了，从阳台上传来了瞿理和森渔吵吵闹闹的声音。

“你为什么还不给我答案，明明你都跟我表白了！”森渔跟在瞿理的身后抱怨。

瞿理听到她的话，额间浮出冷汗。

“谁教你这些乱七八糟的事啊？”瞿理没好气地说，脸上有着可疑红晕。

“宋致啊！”森渔理所当然地说，直接将宋致给出卖了。

“他干吗跟你说这些啊……”瞿理嘟囔着，有些咬牙切齿。

“你先不要管他为什么说这些，你先告诉我，”森渔靠近瞿理，将他的头板正，让他看着自己，才开口轻声道，“你喜欢我吗？”

瞿理注视着她的眼睛，里头满是认真，最终缓缓地点了点头。

“那你要做我的驭猫人吗？”一切谜团已经解开，瞿理现在已经回到了钟家，森渔当然不会放过这个机会。

瞿理犹豫了一下，现在森渔是真正的九尾猫，不用像以前那样为失去八尾忧愁了，他不禁想起一周前发生的那些事，自从那天之后，苏蓿不知所终，段苛被以虐待动物罪判处一年的有期徒刑，而那些九尾猫也重新回到了钟家。按照钟楚江的说法，那些九尾猫以后修炼的速度会极为缓慢，而苏苜，森渔用自己的愿灵救了她，但是她失去了记忆，并且没有办法作为九尾猫修炼了，她变成了一只普通的布偶猫，最终他们也将这只布偶猫带回了家。

而他的父亲，钟乐之，倒下后，苏苜的愿灵也落在了他身上，瞿理想过，也许那就是苏苜离开前对钟家的道歉，还有那一句久久没有说出来的感谢吧。

还有一件事，就是钟暮思苏醒之后，苏苜对他很是亲近。钟暮思悄悄地告诉他们，他在昏迷的时候做了一个很奇怪的梦，在梦里也有一只这样子的九尾猫，他许了个愿，然后，那只猫就变成了九尾！

瞿理始终想不起以前的记忆，所以钟暮思的那个梦究竟是什么意思已经无从得知，虽然一切都解决了，但是不知道为什么，瞿理觉得心中还是无比沉重。

“瞿理，你别发呆！你到底要不要做我的驭猫人？”森渔有些气愤，连声调都拔高了。

瞿理看她气鼓鼓的样子却莫名地想笑，被蛊惑地伸手轻轻捏了捏她气鼓鼓的脸颊，看着她滑稽的表情，“扑哧”一下笑了。

“你喜欢我，我也喜欢你，为什么你不要和我在一起？”森渔看他笑得莫名其妙有些恼怒，“你不是说希望我做我想做的事情吗？为什么你说话不算话！”

“森渔，你知道，人类的寿命太短了。”这几天，森渔不知道为什么一直乐此不疲地求个答案，瞿理也是毫无办法，不可否认的是，瞿理也很喜欢她，但是，他们能在一起的时间太短了……

瞿理相信自己不会辜负她，但是他很害怕时间会辜负她。

“我也许不能陪你很久，能够和你在一起的时间很短暂，所以我……”

瞿理的话还没有说完就被森渔打断：“既然时间很短暂，为什么我们不把握住时间？为什么你还要浪费时间和我争这些没有意义的事情？”她的语气中有浓浓不解。

“瞿理，你知道的，我是再也不会对谁像对你这样敞开心扉，也不会有人像你一样不计后果地靠近我了……”

在阳台上看热闹的宋致听到这里，“扑哧”一声乐了：“乐之，你看森渔和婧濯像不像……”

“当初你也是以驭猫人短命的理由拒绝她，她好像也是这么说的吧！”宋致说着转过身，背靠着围栏看向坐在病床上的钟乐之，钟乐之的眼神却一直流连在那扇玫瑰花窗上。

“要我说啊，这森渔没准能成，瞿理这孩子像当初的你，当初婧濯能追上你，森渔一定也能追上瞿理，哈哈……”说着，宋致不厚道地笑出声来。

“因为喜欢才会担忧，但是也因为担忧怕她受委屈，所以，无论如何，他从一开始就不占先机。”钟乐之轻声喃喃道，不知道是在说自己还是瞿理。

“好，我答应你，我是你的驭猫人，我的未来也只有你一只九尾猫。”瞿理终于松口。

森渔还跟在他的身后，像小尾巴一样，瞿理说完这句话的时候她还是没反应过来。

不可否认，自遇见瞿理后，好几次她都不由自主地想哭。

森渔一直觉得，她荒芜又漫长的生命就像是一条长长的海岸线，她行走在贫瘠的沙滩边，每一步都深陷其中，但是海浪席卷过后又一点痕迹都不剩，而那些有缘人是被海浪卷上沙滩的鱼，她踏沙而来，俯身捡起它们，将它们送回浩瀚的海洋。

她不明白自己为什么这么做，但是她不能离开这里，她只能沿着海岸线不停地走。

她独自过了许多年，也曾认定此生也不过如此了。

但是忽然有一天，这个世界上出现了一个人，走向她靠近她，伸出干净而有力的手，将她脱离荒芜之地。

她终于明白，原来自己待在这里是等待被解救，被成全，被救赎。

一切都已经尘埃落定，无论是森渔、瞿理还是钟家的任何一个人，他们终于明白，这世上九尾猫的存在与九尾猫圆愿的意义，其实是源于他们内心的悲悯。

九尾猫作为人间的异客，他们不断地用愿灵解救陷在尘世的有缘人，他们幻化出人的皮囊行走在人间，他们不断修炼不断失去，直到他感受到失去时内心的慈悲……

其实九尾猫的宿命不过是为了在人世间找到一个人。

那个与众不同的有缘人，能看到九尾猫的善良，然后成全他，解救他。

瞿理也终于明白那个神话故事中晦涩的佛偈：本欲度众生，反被众生度。

—END—

番外一

HUI
LAI

回 来

瞿理陪同森渔去监狱探望过段苛。

那天段苛从昏睡中清醒过来，记忆好像在一瞬间回到了十八岁那年，睁开眼睛后第一句话是：我的猫呢？

在医院修养的时间里，钟乐之检查了他的识海，经过一次彻夜交谈后，钟乐之一脸疲惫地从病房里走出来。

“他的意识已经被分成了两个部分，一个是苏苜被带走之前，还有苏蓿找到他之后。”

“苏蓿的愿灵在他日积月累的怨恨里，还有掠夺无数九尾猫的愿灵之后，早就已经转化成一种扭曲的感情，这样的力量一点点地蚕食了他的记忆，”他沉沉地叹了一口气，“苏苜最后的愿灵算是一面镜子，将他的过去和现在一起暴露在他面前，导致他现在思维有些混乱，分不清是现实还是梦境。”

瞿理看着探访室里那个坐在凳子上显得有些战战兢兢的男人，他的眼睛坦诚得就像个十八岁的少年，在狡诈的脸上显得格外突兀。

他什么都没有说，只是期期艾艾地看着他们，瞿理知道他想问什么：“森渔，你去外面等我会儿。”

森渔不知道为什么自己要回避，但是看着瞿理的坚持，她妥协了。

“每个人都不想过得贫瘠，但是这不是你贪婪伤害他人的理由。”瞿理冷声开口，说出的每一个字都掷地有声。

人应该接受自己的不足，正视自己曾经犯过的错，这个曾让许多无辜的人都生活在噩梦里，终日不得解脱的男人，他已经没有资格去逃避了。

“我只是……我只是想过得好一点，我想过给她幸福的，但是，不知道为什么，每一次看到她，我就想到她的愿灵反正是给人实现愿望的，为什么不能给我呢？与其给那些陌生人不如给我啊，我爱她啊……后来苏蓿找到了我，他说苏苜已经没有办法实现愿望了，我还想着终于不用看她痛苦，自己也可以解脱全心全意去爱她了……但是……后来……后来我真的不知道为什么会变成那样……”他说得艰难，额头布满汗水，一字一句从胸腔深处费力挤出来。

“贪心不足蛇吞象。”这就是瞿理不希望森渔留在这儿的理由，有些事，有些感情，人性中卑劣的一面，他始终不希望森渔接触到。

“你自己也知道，尽管苏蓓影响你，但是其实你有那么多机会可以记起来，但是你没有……

“苏苜在那样无望的感情里一直等你，只要你回头就能够看见她，但是你没有……

“颜湾、罗鼎升，还有许多人，他们苦苦哀求，但凡有一点良知的人都于心不忍，但是你没有……”

一声声的控诉，就像一把铁锤，敲在段苛的心脏，他试图反驳却不知道该说什么，他的所作所为令他自己都哑口无言。

“一年太少了……”瞿理说完，离开了探访室。

段苛看着手腕上银色的镣铐，丝丝凉气似乎顺着手臂爬进了他早就麻木的心脏，他的喉咙中发出一种类似动物濒死时发出的呜咽，良久，他的手指攥紧：“对不起……”

轻轻的声音回荡，却早已没有人能听得见了。

白色的桌面上，坠下一颗水珠，砸开细碎水花。

“你和他说了什么？”

“让他知道他错得有多深。”

“那为什么要让我出来？”

“因为不希望你看到那样的我……”

森渔偏头看着他，不明白他的意思，瞿理伸手压了压她的脑袋：“下个月我要去上大学了，你要不要跟我一起去上课？”

“我已经跟钟楚江说过了，我不用去上课了！”她的脸上有些得意。

“唉……那你只能在家里等我了。”瞿理面上带着惋惜，还有一些可怜兮兮的味道。

“为什么？”

“学校不让闲人进的。”

“我变成猫，可以躲在你的书包里、口袋里、抽屉里，哪里都可以啊！”森渔有些急了，“我不管，我想在你身边！”

瞿理好笑地看着她，将她头发拨乱遮挡住她亮晶晶的眼睛，掩饰自己汹涌澎湃的内心，她连忙挥手阻挡。

“你说啊，可不可以可不可以啊！”

良久，瞿理平复了一下心情：“森渔，谢谢你……”

森渔被他的郑重惊得有些呆，没有留意他有些鼻音的语调。

谢谢你，陪着我，从浓雾里走出来。

一年后。

长途巴士上坐着一个又一个疲倦的旅人，段苛看着窗外倒退的风景从繁华的市区，到荒草丛生，越来越荒凉。

终于到了，玻璃窗上映着他胡子拉碴的脸，眼神呆滞地盯着窗外，拎着单薄的行李，脚下是熟悉又陌生的土地。

他没有想到，在离开那座水泥牢笼的时候，惶然无措的心中，第一个浮现的竟是这个十多年前被洪水摧毁的小村庄。

他用自己仅剩的钱租了个小单间，家乡在这十几年间发生了翻天覆地的变化，但是他仍选择在这里落脚，现在看起来，以前自己立誓要离开的地方也不像记忆中的那么不堪，一贫如洗的生活接受起来并不难。

就像是卑劣的自己，如今也只能坦然对待。

时间就像是一只老旧的怀表，走的每一步感觉下一秒便会崩盘，段苛觉得现在的时间异常缓慢，他觉得自己可能是老了，夜深人静的时候总是睡不着觉，想起以前的种种，像是走马灯一样在眼前旋转交替。

偶尔会看花眼，偶尔也会听到幻音，就像现在。

他慢吞吞地从口袋里掏出有些锈蚀的钥匙片，插进同样斑驳的锁孔，想起很久以前外婆训斥他的不切实际：破锅配烂盖，什么样的钥匙开什么样的锁，不要每天追求那些不切实际的事，脚踏实地才是最实在的……

想着这里，他就笑了，老人家的话那时候听着觉得每一个字都刺耳，现在却觉得她才是看得最开的那一个。

“不要再想了，就这样过下去吧……”他安慰自己，心底一直呼唤着一个名字。

苏苜，过去的三百六十五天里，我无时无刻不在忏悔，往后的每一天，我还是会不停地去赎清自己的罪……

锁孔没有对准，掰了几次都没有将门打开，段苛终于控制不住，靠在门板上颓丧地滑落下去。

“喵——”

段苛只当是幻听并不理会，这样的幻听出现过许多次，特别是夜深人静的时候，他翻身而起将灯统统打开找寻却一无所获，经历了一次次的失落，他已经习以为常。

“喵——”声音又近了，好像就在身边一样。

这大概就是苏苜给自己的惩罚吧，段苛这么想着，却感觉手上一阵濡湿，不是错觉！

他立马睁开眼转过头，一只白色的布偶猫蹲坐在自己的身侧，轻柔地舔着他的掌心，被他发现后也不像寻常的猫一样惊慌躲开。

段苛颤着手伸向猫，唯恐自己又出现幻觉。

那只猫歪着头看着段苛，段苛的手在接触到猫的眼睛时陡然停下，那不是苏苜看他的眼神，那双眼睛和苏苜很像，但是内里满是困惑还有陌生。

“苏苜？”他哽咽开口，有些不确定。

那只猫却没有预料之中的反应，还是歪头蹲坐在那儿。

段苛颓丧的手向下坠，那只猫却像是感受到了他的悲伤，低下头舔了舔他的指尖。

“喵……”

夕阳将影子拉得很长，橙色的光打在焦灼的空气中像是起了一层薄薄的雾。

露台上那个男人抱着一只白色的猫哭得很大声，喃喃间似乎哽咽着叫着一个名字，听得并不清楚。

“喵——”

“喵——”

似乎是在应着，又像在安慰，那只猫蜷在男人的怀里，一声声传出很远。

番外二

XING
FU

幸 福

我曾经听说过这么一句话：没有钱是悲哀的事，但是金钱过剩则更加悲哀。

那时候我不懂这句话的含义，我甚至揣测能说出这句话的人一定是金钱过剩，比如从小含着金钥匙长大，生活富余，富人不识愁滋味……

从小生活在穷乡僻壤的土地上，应当像是高岭上的植物有庞大的根系，还有坚韧的枝干，我渴望金钱就像是植物追逐太阳一样，遇到苏苜以后这样的心情更甚。

当我直视记忆里那个我的时候，他是那么富有，也是那么漠视一切，对生命没有敬畏，对感情极其漠视，夜深人静的时候也不觉得冷，因为那个我的血液也是冷的。

尽管我非常不愿意承认，但是我明白你说得不错，我的确是卑劣地利用了苏苜的感情来达到自己的私欲，直到我面对四四方方的水泥牢笼，当月光透过那扇狭窄的窗户洒下来的时候，我是那么落寞，那么想她，那么希望一切重新来过。

身受才能感同，记忆里每一声悲怆的呼唤都像是来自心灵深处那个被漠视的自己。

金钱是被铸造出来的自由。

我以为优越感是物质生活所提供的单薄安全感。

也许金钱并不像人们所说的，是一切罪恶的根源；唯有对金钱的贪欲，对金钱过分的、自私的、贪婪的、不择手段的追求，才是一切罪恶的汩汩源泉。

我现在明白好像已经晚了，也无意义，但是我觉得或许你知道会好很多，不论对你还是我。

对了，有一件事我要告诉你，我回到了我的家乡，这里变化很大，我在这里开了一家流浪动物收容所，生活刚刚过得去，但是我发自内心地安稳。

上个月，在我家门口遇见了一只白色的布偶猫，是一只很普通的猫，但是它给我一种很奇怪的感觉，因为它跟苏苜太像了，真的太像了！

很奇怪的是，它好像不认识我一样，但是我叫苏苜的时候，它的眼睛里就会有一种很哀伤的感情流露出来，让我觉得就是苏苜，但是一转眼它又会忘得一干二净，让我觉得它就是一只流浪猫……

它还像猫一样，老是从我这里离开，但是又不会离开这个小镇，等我找到它带它回家之后它又会趁我不注意的时候跑掉，你说像不像是一只不听话的小猫?

还有一件奇怪的事情，前几天，我找到它的时候，看见它一直跟着一只灰猫，灰猫凶它它也不走，蠢得很，还把我给它的食物叼去给那只灰猫……

每当我看到那只灰猫目不转睛盯着我的时候，我会想，如果我像你一样可以听见心声，该有多好。

但是，其实苏苜能够回来已经很好了。

你放心，我会好好照顾它们的。

可能这就是冥冥之中注定的，一报还一报。

我相信，是苏苜回来了，我也会履行自己迟到的承诺，照顾它，给它幸福。

段苛

瞿理将手中单薄的信纸对折，压在台面上，深吸了一口气，又重重地叹出。

距离段苛出狱已经半年，听说他出狱那天去了钟家一趟，最终还是没有得到任何想知道的消息。

其实钟家也一直在寻找苏苜和苏蓿，之前发生的那些事，归根结底只是牵涉其中的人在心上蒙上了一层雾，才会让他们看不清楚，瞿理知道那种感觉。

但是好在不论雾帐有多浓，只要有光，就总有云开雾散的一天。

他的记忆始终没有恢复，但是那已经不重要了，现在他和钟家人很好，和森渔很好，这就够了，人总要向前看不是吗?

钟暮思现在好像总是被梦境困扰，他说总是循环往复地做一个梦，梦里他在对着什么许愿，然后有许多人都来问他许了什么愿，但是他都没有说，心底总是有一个声音在告诉他，不能说，说出来就不灵了……

有些事情过去的年月已经太远了，那些蛛丝马迹也早已经消散在风中分不清真假。

不管是九尾猫还是人，最怕的就是太过偏执，剑走偏锋。

苏苜的偏执、苏蓿的偏执、段苛的偏执，都在潜移默化之中尝到了恶果……

就像段苛在信里说的，一报还一报。

好在现在，已经云开雾散。

门口的风铃又响起，瞿理连忙将信收进口袋里。

“您好，欢迎光临……”瞿理面上扬起适宜的微笑。

门口的两个小女生并不看他，指着店里靠着玻璃墙在桌上晒太阳的黑猫，激动地说：“你看啊，就是这只黑猫，很可爱的！”

“看起来很普通啊……”那个女生有些不信，打量着森渔。

“哎呀，很有灵性的！上回我不是跟你说……”

瞿理看着这两个女孩，不由自主地笑起来，自从带着森渔来这里打工之后，客流量日渐增多。

他想起刚才段苛写在信结尾处的那个短句子，“给她幸福”。

幸福的定义在每个人的心中都不尽相同，但九尾猫要的幸福是什么样的呢？

瞿理想了一下，森渔也许连幸福这个词的意思都不明白，但是它要的一直就很简单，不是吗？

这么想着，瞿理看着森渔的视线越发温柔。

原本在发呆的森渔被店里突如其来的声音打扰，有些恼怒地转过头去，盯着吧台的方向，在视线触及瞿理的时候再一次呆住。

金色的阳光稳稳地洒在她身上，那种暖暖的感觉在这一刻就像是要把她溺毙一样充斥着她的心脏。

森渔看着他的眼睛忽而有些鼻酸，忽然有一种感觉，时间就这样停下吧，让他就这样一直看着我陪我一起，一直走下去。

咖啡店外车水马龙，人流不懈，一扇玻璃把喧嚣都阻拦在了外面，从咖啡店路过的人看到这一幕，店里那个男孩笑得温柔，修长的手指覆盖在那只黑猫的脑袋上，黑猫仰着头鎏金色的眸子紧紧地盯着他，亲昵地蹭着他的掌心……

也许森渔不懂得幸福这个词语，以前她觉得幸福简单，就是猫吃鱼、狗吃肉。

而现在，幸福就是现在。

阳光正好，你在我目之能及的地方，轻浅温柔地注视着我，不偏不倚。

浓雾里的你和我

小花阅读

【四海为他】系列

《月夜天将变》

海殊 著

标签：刑侦．悬疑．苏甜 | 肢体接触障碍美女法医 VS 高智商男神队长 | 边谈恋爱边破案

“季辞东。”

“嗯。”

“以后每一年下雪你都会在我身边吗？”

“会。”年年岁岁，春秋轮回。

樊浅笑得很开心，因为眼前这个男人。

她想告诉他，季辞东，因为你，一个曾经走在绝望边缘的樊浅，一个经历了漫长黑夜的樊浅，一个隔离全世界也被世界隔离的樊浅。

她想要谢谢你，在某一个时刻固执地拉住了她的手。

因为有了你。

连黑夜都是平常。

《浓雾里的我和你》

南风北至 著

标签：校园．奇幻．悬疑 | 驭猫家族继承人 VS 九尾猫少女 | 最强异族恋

“瞿理！你别发呆！你到底要不要做我的驭猫人！”

瞿理看她气鼓鼓的样子却莫名地想笑。

“你喜欢我，我也喜欢你，为什么你不要和我在一起？”

“森渔，你知道的，人类的寿命太短了。我也许不能陪你很久，能够和你在一起的时间也很短暂，所以我……”

“瞿理，你知道的，我是再也不会对谁像你这样敞开心扉，也不会有人像你一样不计后果地靠近我了……”

图书在版编目（CIP）数据

浓雾里的我和你 / 南风北至著. — 南昌 : 百花洲文艺出版社，2018.1

ISBN 978-7-5500-2601-8

Ⅰ. ①浓… Ⅱ. ①南… Ⅲ. ①长篇小说－中国－当代 Ⅳ. ①I247.5

中国版本图书馆CIP数据核字(2017)第324852号

出 版 者　百花洲文艺出版社

社　　址　江西省南昌市红谷滩世贸路898号博能中心A座20楼　邮编：330038

电　　话　0791-86895108（发行热线）　0791-86894790（编辑热线）

网　　址　http://www.bhzwy.com

E-mail　bhzwy0791@163.com

书　　名　浓雾里的我和你

作　　者　南风北至

出 版 人　姚雪雪

责任编辑　王俊琴

特约编辑　欧雅婷

封面设计　刘　艳

内页设计　米　籽

封面绘制　阿　岚

经　　销　全国新华书店

印　　刷　长沙鸿发印务实业有限公司（长沙黄花工业园三号　邮编410137）

开　　本　880mm×1230mm　1/32

印　　张　9.125

字　　数　173千字

版　　次　2018年3月第1版

印　　次　2018年3月第1次印刷

书　　号　ISBN 978-7-5500-2601-8

定　　价　32.80元

赣版权登字：05-2017-558